文庫

天国に近い死体

西村京太郎本格ミステリー傑作選

西村京太郎

徳間書店

目次

オートレック号の秘密

1

オートレック号が、ゆっくりとした船足で横浜港に入って来たとき、岸壁にいた人々の間から、自然に嘆声が洩《も》れた。

巨船だからというわけではない。五千トンの船体は、一万トン以上の巨船が、重なり合うように停泊している港内では、むしろ可愛《かわい》らしく見えた。

人々が嘆声をあげたのは、純白の船体が、白鳥のように優雅に見えたからである。煙突は華奢《きゃしゃ》で高く、ニョキニョキと首を出している古風な送風口は、この船を見る人に、昔の良き時代を思い出させた。五十年前に建造されたこの客船ヨットは、現在、世界に二隻しか残っていないのである。

この間まで、フランスのオートレック公爵の所有だったのを、日本人の樋口要一郎が、洋上ホテルにするということで、九億五千万円で買い取り、フランスから日本へ回送して来たのである。

横浜港に一時繋留《けいりゅう》されたあと、伊豆《いず》半島のS港に廻《まわ》り、そこで、洋上ホテルになる予定になっていた。

横浜から西伊豆までの最後の航海には、宣伝を兼ねて、三十人近いマスコミ関係者や芸能人が招待された。

N新聞の関根記者も、その一人だった。

関根は、オートレック号という船にも興味があったが、それ以上に、新しい所有主になった樋口要一郎という男に興味があった。

樋口は、得体の知れない人物だという評判だった。あれは、実業家でなく、虚業家だという人もある。

何十億の財産家だという噂《うわさ》もあれば、無一文だという噂もあった。

年齢は四十五歳。実際に会ってみると、怪物という評判とは逆に、小柄で、あまり見栄《みば》えのしない男である。ただ、弁舌はたった。次から次へと話題がつきないのである。その弁舌で金集めをやるのだと聞いたこともある。ヤマ師だという陰口は、恐らく、その辺から来ているのだろう。

関根が、招待状にあった午後六時に横浜港に着くと、オートレック号の白い船体は、夕陽《ゆうひ》に朱《あか》く染まっていた。

関根は、何となく、お伽《とぎ》の船にでも乗るような気持で、タラップをのぼった。

招待客は、ティーサロンに集まり、そこでシャンパンを振舞われた。

樋口要一郎が、マイクの前に立って、得意気に挨拶《あいさつ》した。

「この船は、五十年前にイギリスの造船所で建造され、長い間、フランスの貴族の専用ヨットとして使われて来たものです。現在、これと同じヨットは、世界に二隻しかなく、もう一隻は、イギリス王室の所有になっております。皆さんも、ご覧になっておわかりのように、この船自体が、一つの芸術品なのです。このティーサロンにある家具や装飾品は、全《すべ》て、この船と同じく、五十年前にイギリスの職人によって手造りで作られたものです。他の船室の椅子《いす》やベッドも同じです。私は、そうした人間的な味に引かれまして、オートレック公爵に直談判《じかだんぱん》し、三ヵ月もかかって、やっと口説き落し、手に入れることに成功したわけです」

樋口は、いかに苦心して買い入れたかを、長々と説明したあと、伊豆S港までの航海を楽しんで下さいと結んだ。

アルコールに弱い関根は、シャンパン二杯で顔を朱くし、酔いをさますために、船尾のスポーツデッキに出てみた。

オートレック号は、すでに桟橋を離れ、東京湾を南下していた。ティーサロンでは、樋口の自慢話のあと、ゲストに呼ばれた女性歌手が、シャンソンを唄《うた》い始めていた。

2

東京湾を出る頃《ころ》には、陽が完全に沈み、海は、夜の帳《とばり》に包まれた。オートレック号の全ての船室に明りが入り、白鳥は、光の城に変貌《へんぼう》した。

関根が、デッキチェアに腰を下ろし、煙草《たばこ》に火をつけたとき、友人で、「世界のヨット」という雑誌をやっている大野が、首をかしげながら近づいて来た。

大野は、「ここにいたのか」と、関根に声をかけてから、隣のデッキチェアに腰を下ろした。関根は、大野に煙草をすすめてから、

「首をかしげてたけど、どうしたんだ？」

と、きいた。

大野は、賑《にぎ》やかなティーサロンの方に眼《め》をやった。

「どうも、樋口の考えがわからん」

「このお伽の船を買ったことをいっているのか？」

「そうなんだ。樋口は、この船を九億五千万で買ったことになっている。おれは、最初、樋口一流のハッタリだと思っていたんだが、フランスにいる友人に問い合せたら、本当に、九億五千万円を、オートレック公爵に払っているんだな」

「それが、何故、おかしいんだい？」

「おれは、こう見えても、船の専門家だよ。この船が、どの位の値打ちのものか、よく知っている積りだ。確かに、世界に二隻しかないという稀少《きしょう》価値は認めるがね。それでも、せいぜい七億円ぐらいのものだ。蒸気機関車は稀少価値でも、売るとなったら高く売れないのと同じことでね。それなのに、ケチで有名な樋口が、二億円以上も高く買ったというのがわからないんだ」

「それは、持主のオートレック公爵が売り渋って、だんだん値を釣り上げていったからじゃないのか？　それに、樋口がどうしても欲しければ、多少高くても買うだろう」

「それも違うんだな。樋口は、オートレック公爵に会うなり、いきなり九億円でどうかと切り出し、あっけにとられている相手に向って、更に五千万円をプラスして、有無をいわせない形で、買い取ってしまったんだ」

「しかし、さっき樋口は、三ヵ月もかかってやっと相手を口説き落したといっていたぜ」

「だから、余計おかしいと思うんだ。おれの知っている樋口という男は、すごい自信家でねえ、自分の仕事のことで、苦心惨憺《さんたん》したなんてことは、口が裂けてもいわない筈《はず》なんだ。むしろ、フランス貴族の横っ面を札束で引っぱたいてやったら、一も二もなく承知したよと威張るのが、彼らしいし、今までは、その通りだったんだ。どうも、今度の樋口の態度はおかしい。一生懸命になって、正当な価格で買ったんだと宣伝しているみたいなところがある」

「下手な買物をしたと思われるのが嫌なんじゃないのか？」

「そんな気の弱い男じゃないよ」

と、大野は笑った。

さっき、ティーサロンでシャンソンを唄っていた歌手の沢木ゆかりが、酒に酔ったらしく、ふらつく足取りでスポーツデッキに出て来た。デッキチェアの一つに腰を下ろして、ふーッと息をついている。

関根は、ちらりと彼女に眼をやってから、

「九億五千万で買っても、樋口は、十分に採算がとれるとふんだんだろう」

と、大野にいった。関根は、樋口が、いくらでこの船を買おうと、大した関心はなかった。第一、彼には、この古めかしいヨットが、いくらぐらいするものかもわからないのである。

大野は、相変らず難しい顔で、

「問題はそこさ。おれには、何故、九億五千万円も出して、それで採算がとれると、樋口が考えたのかわからないんだ。今もいったように、二億円以上も高く買っているんだからね」

「洋上ホテルにすれば、儲《もう》かると計算してるんじゃないのかね？」

「確かに、豪華ヨットを洋上ホテルにするのは、流行みたいなものだがね。西伊豆のS港は、陸上の便が悪いし、他に、レジャー施設もないところなんだ。あれでは、余程、設備投資をしないと、採算が取れるだけの客は集まらないんじゃないかねえ」

大野は、しきりに、首をひねっている。関根は、西伊豆の地理に詳しくないので、

相変らずピンと来なくて、

「樋口は、この船を使って、密輸でもしようというんじゃないのか」

と、下手な冗談をいった。

大野は、急に白けた顔つきになって、肩をすくめると、黙って、ティーサロンの方へ姿を消してしまった。

3

三十分ほどして、関根も、ティーサロンに戻ってみた。

真剣な大野を茶化した形になってしまったので、それを詫《わ》びる積りだったのだが、彼の姿は、ティーサロンに見当らなかった。

パーティは、まだ続いていた。ハワイアンが演奏されていたが、まともに聞いている招待客はいなかった。そんな客の間を、樋口は、精力的に歩き廻っていた。

樋口は、関根のところにも来て、

「おたくの新聞でも、大いに宣伝して下さいよ」

と、人なつこく肩を叩《たた》いた。

「洋上ホテルとしては、なかなか面白い船だと思うんですよ。ハネムーンなんかに、いい思い出になると思うんですがねえ」

「何故、西伊豆のS港を選ばれたんですか？」

関根は、大野の言葉を思い出して、樋口にきいてみた。

樋口は、手にしたシャンパンを口に運んでから、

「よく、あんな不便な所にといわれるんですがねえ。逆にいえば、それだけ公害がなく、海もきれいだということでしてねえ」

と、樋口は笑い、「とにかく、よろしくお願いしますよ」と、もう一度、関根の肩を叩いた。

関根は、もう一度、スポーツデッキに出てみたが、そこにも、大野の姿はなく、沢木ゆかりだけが、デッキチェアで、軽く寝息をたてていた。

関根は、手すりにもたれて、しばらく夜の海を眺めた。

温かい夜で、吹いてくる風が爽《さわ》やかだった。予定では、明日の朝、伊豆のS港に着く筈だった。

関根は、十時近くまでスポーツデッキで過し、そのあと、割当てられた船室《キャビン》に入った。ティーサロンと同じように、手造りの古めかしい家具が置かれ、電話もついている。

関根は、小さなマホガニー材のテーブルに向って、「白鳥を思わせるオートレック号」といった短い原稿を書いた。

そのあと、大野に電話しようと思いたって、招待客名簿を取り出した。名前の横に、割当てられた船室のナンバーと、その部屋の電話番号が書き込んである。

関根が、電話に手を伸ばしたとき、それを待っていたかのように、ベルが鳴った。

彼が受話器を取ると、「おれだ」という大野の声が聞えた。妙に弾んだ声だった。

関根が、

「今、こちらから掛けようとしていたんだよ」

と、いうと、大野は、押しかぶせるように、

「わかったんだ」

「わかったって、何が？」

「それが、おかしなことに、君の――」

大野が、そこまでいったとき、急に、彼が、電話の向うで、「うッ」という呻《うめ》き声をあげ、それっきり、声が聞えなくなった。

「もし、もしッ」

と、関根は、あわてて呼んでみたが、返事の代りに、ガチャンと乱暴に電話を切る音が耳を打った。

関根は、大野の船室の電話番号を回してみた。が、呼んでいるが、大野は出ない。

(何かあったらしい)

と、感じて、関根は、受話器を置いて、廊下に飛び出した。緑色のじゅうたんを敷きつめた廊下が、船橋《ブリッジ》の方向に、まっすぐ伸びている。

ティーサロンのパーティは既に終ったらしく、船内は、ひっそりとしていた。

関根は、夢中で、大野がいる五十六番の船室を探した。船橋《ブリッジ》やティーサロンに近い船室だった。中から鍵《かぎ》が掛っているのか、木製の頑丈なドアは、いくら把手《ノブ》を回しても開かなかった。

ノックをした。

が、中からは応答がない。更に強くノックしても、結果は同じだった。

そのうちに、ノックの音が聞えたとみえて、両隣の船室から、招待客が顔を出し、通りかかった船員が、「どうしたんですか？」と、関根にきいた。

関根が事情を説明すると、すぐ、樋口と船長を呼んで来てくれた。

関根が、樋口に、

「マスター・キーがあったらあけてくれませんか」

と頼むと、樋口は、

「残念ですが、マスター・キーはないんですよ。前の持主のオートレック公爵が、作らせなかったらしいんです。洋上ホテルとしては、それではまずいんで、S港に着いてから、すぐ作らせる積りでいますが」

「じゃあ、開けられないんですか？」

「中のお友達に、本当に何かあったと思うんですか？」

「ええ」

関根が頷《うなず》くと、樋口は、一寸考えてから、

「よろしい」と頷いた。

「ドアを叩きこわしましょう。人間の命には代えられません」

樋口は、船員の一人に、消火用の斧《おの》を持って来させた。

大男のその船員は、斧をふりかぶると、思いっきり、ドアに向って打ちつけた。頑丈な木製のドアは、第一撃をはね返したが、二撃、三撃と加えるうちに、次第にかしいで来た。

六十センチくらいの隙間《すきま》ができると、斧を持った船員を先頭に、船室になだれ込んだ。

船室には、誰《だれ》もいなかった。窓が開いていて、そこから、海の風が吹き込んでいた。

関根は、一瞬、拍子抜けがした。が、招待客の一人が、床から、血に染まった名刺入れを拾いあげたことで、顔色が変った。間違いなく、大野の名刺入れだった。

船室の鍵《かぎ》は、隅に落ちていた。

関根は、これで、大野の身に何かあったことだけは確かだと思った。だが、何処《どこ》へ消えてしまったのだろうか。

他の招待客や船員たちも、集まって来た。そのうちに、さっき、エンジンと波の音に混って、何かが海に落ちたような音を聞いたという者が出て来た。

それを、一番はっきりと証言したのは、シャンソン歌手の沢木ゆかりだった。彼女は、こういった。

「あたし、スポーツデッキで寝ちゃって、眼をさましてから、しばらくの間、手すりにもたれて、夜の海を眺めていたの。そしたら、急に、バシャンと水の音が聞えたのよ。びっくりして、水音がした方を見たら、海面に水しぶきがあがってたわ。だから、酔っ払って誰かが海に落ちたのかと思った」

関根が、船のどちら側だったかときくと、右舷《うげん》だという。右舷なら、この船室の窓のある側だった。

関根は、暗い想像にぶつからざるを得なかった。誰かが大野を殺し、死体を、この窓から海に投げ込んだという想像である。血痕《けっこん》のついた名刺入れは、その時に落ちたのではないか。

念のために、船内がくまなく探されたが、大野の姿は、どこにも見当らなかった。今や、大野が殺され、海に投げ込まれたことは否定しようがなくなった。

樋口は、すぐ決断を下した。船長に命じて船を止め、大野が落ちたと思われる地点まで引き返させた。

しかし、夜の海での捜索は、困難を極めた。船員も、招待客も、全員でデッキに出て、暗い海面を調べたが、大野の姿は見つからなかった。

二時間近い捜索が、無駄に終ったあと、樋口は、海上保安庁に事故を打電させたあと、船を再び、西伊豆のS港に向けさせた。招待客の中には有名人がいて、いつまでも、海の上に船を止めておくわけにはいかなかったからである。

S港には、予定より二時間以上おくれて、午前九時に到着した。

大野のいったとおり、小さな漁港だった。ただ、コンクリートの岸壁があり、港内は水深があるらしく、五千トンのオートレック号でも、接岸することが出来た。

招待客の中には、マスコミ関係者が多かったから、船が接岸するやいなや、電話の奪い合いになった。

関根も、船から駆けおりると、二軒ある旅館の片方に飛び込み、東京の本社を呼び出して貰った。デスクが出たので、オートレック号での事件を報告すると、

「海の上の密室殺人か」

と、デスクの声が高くなった。関根が、まだ殺人事件と決ったわけではないというと、とにかく、S港にいて、取材しろと命令された。

午後になって、相模湾《さがみ》沖で操業中の漁船が、網に死体を引っかけた。背広のネーム

から大野とわかった。死体の背中には、登山ナイフが刺さっていた。

死体は、S港に運ばれ、静岡県警から、二人の刑事が飛んで来た。これで、まぎれもなく、殺人事件と決ったわけである。

警察は、まず、二つのことを重点的に調べた。

一つは、大野を殺した登山ナイフが、誰のものかということだった。が、当然のことながら、自分のものだと名乗り出る者は、一人もなかった。

もう一つは、大野の最後の言葉を聞いた関根への訊問《じんもん》である。

関根は、電話で聞いた言葉を、正直に話した。

二人の刑事は、眼を輝かし、「面白い言葉ですな」と、背の高い方がいった。

「わかったんだ。それが、おかしなことに、君の——といったんですね?」

「そうです」

「あなたに、何か思い当ることはありませんか?」

「それが、いろいろと考えているんですが、どうもわからなくて」

と、関根は答えた。

4

その日の夕刊は、この事件を、「洋上の密室殺人」とか、「豪華ヨットの密室殺人」といった調子で書き立てた。

テレビ中継車まで、S港にやって来た。

N新聞でも、若いカメラマンの田中を、関根の応援に寄越した。

推理小説好きを自称する若い田中は、関根の顔を見るなり、

「実際の密室殺人にぶつかったのは、生れてはじめてですよ」

と、ひどく興奮した声でいった。

関根は、苦笑した。

「その密室殺人だがね。僕は、本当に密室殺人だったのかどうか、疑問に思えて来たんだよ」

「何故です？」

と、きいてから、田中は、一人で、「ああ成程」と、勝手に頷いて、

「鍵のことでしょう？　犯人が、みんなと一緒に船室に飛び込んで、鍵を捨てて置いたと考えられたんでしょう？　そんな密室トリックは、推理小説によく出て来ますよ」

「いや。船室の鍵のことじゃないんだ」

と、関根は、苦笑しながらいった。このカメラマンは、推理小説好きだけあって、やたらに先走るので、話がしにくい。

田中は、首をひねった。

「じゃあ、何です？」

「僕はあのとき、大野に電話を掛けようとしていた。そこへ、彼の方から掛って来たもんだから、てっきり、彼の船室から掛って来たと考えてしまったんだ。それで、すぐ、彼の船室に駆けつけ、ドアを叩きこわして貰ったんだ。だが、今になって、冷静に考えてみれば、大野が、自分の船室から掛けたという証拠はどこにもないんだよ。電話は、他の船室にだってあるし、ティーサロンにも、食堂にもある。もし、他から掛けたんだとすると、あの船室は、殺人現場ではなくなってしまう。つまり、あの船室が、密室かどうかということは、何の意味もなくなってしまうんだ」

「しかし、船室から、血痕のついた名刺入れが見つかったんでしょう?」

「ああ、そうだ。大野の名刺入れがね」

「それは、どうなるんですか?」

「君は、名刺入れを、普通、どこにしまっているね?」

「だいたい、背広の内ポケットに入れますよ」

「僕もそうだ。ところで、内ポケットに入れたものは、なかなか落ちにくいんだ。逆にいえば、だからこそ財布なんかを内ポケットにしまうんだよ。その名刺入れが落ちて、他のものが落ちなかったというのは、おかしくはないかい? それに、大野は、背中を登山ナイフで刺されて死んだんだ。そんな殺し方で、内ポケットの名刺入れに、果して血痕がつくものだろうか。もし、内ポケット以外の、例えば、胸ポケットに入れてあったとすれば、余計に血痕はつきにくい筈だよ」

「というと、名刺入れは、犯人が、わざと、置いたものだということですか?」

「と、考えざるを得なくなるんだよ。犯人は、あの船室で、大野が殺されたように見せたかった。君流にいえば、密室の中の殺人にしたかったんだと思う。だが、死体を運び込むわけにはいかない。代りに、大野の所持品に彼の血をつけて、船室に放り投げておけば、そこを殺人現場と間違えると考えたんだろうね」

「船室の窓が開いていたのは、どう考えるんですか？」

「昨夜は、とても温かくて、海の風が気持よかった。だから、たいていの船室で、窓は開け放っていたんじゃないかな」

「ということになると、あとは、シャンソン歌手の沢木ゆかりの証言だけが、問題ということになりますね？」

「彼女の証言にしても、大野が自分の船室で殺され、窓から海に投げ込まれた証拠にはならないんだ。彼女は、右舷で水しぶきを見たといったが、右舷に窓のあるのは、大野の船室だけじゃない。百ある船室の半分は、右舷に窓があるし、ティーサロンだって、右舷に窓があるからね。また、彼女は、水しぶきがあがったのは、大野の船室の下あたりだとも証言した。だが、彼女は、水音を聞いてから、右舷の海面を見たんだ。その間にも、オートレック号は動いている。それを考えると、もっと前方の窓なり、デッキなりから投げ込まれたという可能性が強くなるんだ」

「関根さんは、名探偵ですねえ」

と、田中は、オーバーな賞《ほ》め方をした。関根は、苦笑するより仕方がなかった。

「君は、確かに、推理小説の読み過ぎだよ」

5

関根と田中が、オートレック号のタラップをあがって行くと、船尾のスポーツデッキでは、招待客の何人かが、不安気に顔を見合せていた。

招待客も船員も、警察から、事件が解決されるまで、S港を離れないようにといわれていた。一応、参考人ということになっていたが、警察が、招待客や船員の中に犯人がいると見ていることは確かだった。泊る場所は、船内に確保されているといっても、楽しい筈がなかった。

関根が、ティーサロンに顔を出すと、背の高い刑事が、

「被害者の最後の言葉について、何か思い当ることはありませんかねえ?」

と、催促するように声をかけた。

関根が、「まだ、思い出せません」と、首を横にふって通り過ぎると、あとについて来た田中が、

「関根さんは、本当に思い当ることがないんですか？」

と、不審そうにきいた。

関根は、ふり返って、額にニキビのある若いカメラマンを見た。

「何故、そんなことを聞くんだね？」

「名探偵はだしの関根さんが、何も思い出せないなんて、信じられないからですよ」

と、田中は、また、持ちあげるようないい方をした。関根は、苦笑して、

「一つだけ、心当りらしきものがあるんだが、どうも自信が持てない。あまりにも突飛すぎるんでね」

「どんなことなんです？」

「大野は、電話で、こういった。わかったんだ。それが、おかしなことに、君の——とね。恐らく、君のいった通りだといいたかったんだろうと思う」

「関根さんは、大野さんに何をいったんですか？」

「電話の前に、僕は、デッキで、大野と話をした。主に、樋口要一郎についてね。もっとも、喋《しゃべ》ったのは大野で、僕は聞き役だった。僕がいったことといえば、樋口がこの船を買ったのは、密輸に使うためじゃないかという冗談だけなんだ」

「それかも知れませんよ。大野さんは、おかしなことに、君の——といったんでしょう？　関根さんの冗談が本当になったといいたかったんじゃありませんかねえ」

「それは、僕も考えたさ。だが、少しばかり馬鹿《ばか》げている」

「何故です？」

「第一に、オートレック号は、この港に固定して、洋上ホテルになるんだ。これでは、密輸に使うわけにはいかないよ。第二に、事件のあと、一応、船内を見て廻ったが、密輸品らしいものは積んでなかったね」

「どこにでも隠せるような、小さくて高価なものじゃありませんか？　例えば、ダイヤモンドとか、金とか、阿片みたいな。この船でヨーロッパから運んで来たんじゃないですか？　金だって、日本へ持ってくれば、ずい分儲かるそうですからねえ」

田中は、いやに真剣な顔でいった。関根は、ニヤニヤ笑い出した。

「今度は、映画の見すぎだよ」

「しかし、可能性がゼロじゃないでしょう？」

と、田中は、むきになっていった。どうやら、本当に、この船に金や阿片が隠されていると思っているらしい。

「どうも、現実離れがしているねえ」

関根は、首をひねったが、田中は、

「でも、万一、そうだったらどうするんです？　特ダネを逃がすことになりますよ」

と、脅迫するようないい方までした。関根は、そんな田中の熱気に押された恰好《かっこう》で、刑事たちのいるティーサロンに引き返し、密輸説を話してみた。

刑事たちも、半信半疑の顔で聞いていたが、念のために、船内を徹底的に調べようといってくれた。ダイヤモンドや、金や、阿片の話を信じたからではなく、手掛りが皆無なので、何でもやってみようということのようだった。

刑事たちは、樋口の了解を取ってから、徹底的に、船内を調べた。関根と田中は、彼等の後について歩いた。カメラマンの田中は、金や阿片が見つかったときの決定的な瞬間を、カメラに納めようと張り切っていたが、一向に、ダイヤモンドも、金も、阿片も出て来なかった。

ティーサロンと船長室には、古いロココ調の絵が掛っていたが、額の裏まで、刑事は調べた。

ティーサロンの隣には、書斎があり、オートレック公爵時代のままに、古い洋書が並んでいたが、刑事たちは、その一冊一冊を抜き出し、パラパラと振ることまでした。

だが、どこからも、何も発見されなかった。

刑事たちは、次に、招待客や船員の持物を調べた。樋口要一郎の持物もである。だが、結果は同じだった。何も出て来なかった。

長い時間をかけての調査のあと、刑事たちは、一様に疲れ切った表情を見せ、

「どうやら、あなたの考えは、間違っていたようですな」

と、関根に、嫌味をいった。

関根は、「どうも」と頭を下げ、船尾のスポーツデッキに出た。

田中カメラマンは、すっかり元気を失くしてしまって、

「どうも、申しわけありません」

と、小さい声で、関根にいった。

関根は、クスッと笑って、

「何がだい？」

「やっぱり、小説の読み過ぎ、映画の見すぎでした。ダイヤモンドや金や阿片の密輸というのは、現実性がなかったです」

「これで、関根さんが、警察に睨《にら》まれるんじゃないですか？」

「まあ、そうだな」

「そんなこともないだろう。それより、僕は、警察に船内を調べて貰って良かったと思っているんだよ」

「密輸説が消えたからですか？」

「いや。その逆なんだ」

「逆ですか？」

田中は、キョトンとした表情になって、関根を見上げた。

関根は、黙って頷いてから、ゆっくりと、煙草に火をつけた。彼の耳には、まだ、大野の最後の言葉が、こびりついていた。ダイヤモンドや、金や、阿片ではなかったにしても、大野は、この船の中で、何かを見つけたのだ。だから殺された。それだけは確かなのだ。

関根は、岸壁を見下ろした。樋口が、地元の漁師らしい男と、何か楽しげに喋っているのが見えた。彼は、ニコニコ笑っている。もし、樋口が、この船を使って、何か高価なものを密輸入したのだとすれば、絶対に見つからないという自信があるのだろう。

（だが、大野が、それを見つけたらしいということは——）

6

「もう一度、考え直してみよう」

と、関根は、自分にいい聞かせる調子でいった。

関根は、スポーツデッキを、ゆっくりと歩き廻った。そんな彼を、田中は、デッキチェアに腰を下ろして、シャーロック・ホームズを見るワトソンみたいな眼で眺めている。

「よく考えれば、ダイヤモンドや金や阿片は、最初から可能性がなかったんだ」

と、関根は、立ち止って、田中にいった。田中は、頭を掻《か》いた。

「現実性のないことをいって、すいませんでした」

「そういう意味じゃないんだ。殺された大野という人間のことをいっているんだ。彼が、金とか、ダイヤモンドとか、阿片に興味を持っているという話を聞いたことがなかった。例えば、この船のどこかに、白い粉が積んであっても、大野には、それが阿片かどうかわからなかったと思うんだ。ダイヤや金にしても同じことさ。大野に、本物のダイヤとニセモノのダイヤの見わけがついたとは思えないし、金と真鍮《しんちゅう》の区別だって同様だった気がする。だから、大野が、その三つを発見したという可能性は、殆《ほとん》どなかったんだ」

「しかし、他に、何かありますか？」

「それで、大野のことを、いろいろと思い出していたんだが、一つだけ、今度の事件に関係がありそうなことを思い出したんだよ」

「どんなことです？」

と、田中は、膝《ひざ》を乗り出してきた。

「書画骨董《こっとう》だよ」

「え？」

田中は、ポカンとした顔になった。殺人事件とは、あまり関係のなさそうな、のどかな言葉が関根の口から飛び出してきたので、当惑したらしい。

関根は、微笑した。

「大野は、若いのに似合わず、書画骨董に関心を持っていたんだよ。その方面のグループがあって、それにも加わっていたらしい。古い書画の値段なんかにも詳しかったよ。ピカソが、今、一号いくらぐらいするなんてこともね」

「僕には、どうも、よくわかりませんが」

「君は、高価なものというので、ダイヤモンドなんかを考えたんだろう？　僕は、他に、高価なものと考えて、絵を思いついたんだ。例えば、ルノアールや、ゴッホの絵なら、一寸大きいと、一枚で、億単位の値段になる」

「そういえば――」

と、田中は、急に、眼を輝かせた。

「ティーサロンに、絵が掛っていましたね」

「それに、船長室にもだよ」

と、関根はいった。

二人は、ティーサロンに取って返した。

ここには、四枚の絵が掛っていた。関根と田中は、その絵を一つ一つ見ていった。

関根には、絵はよくわからないが、とにかく、古いロココ調の絵だということはわかる。

「ここにある絵の中に、非常に高価な、隠れた名画があったら面白いんだがね」

と、関根がいうと、田中は、首をひねって、

「しかし、この絵は、前の持主のオートレック公爵の時から、船に掛っていたものでしょう？　もし、その中に高価なものがあれば、オートレック公爵が、黙って、船ごと売り渡す筈がないですよ」

「まあ、そうだがね」

と、関根は、相手に逆らわずに頷いてから、もう一度、四枚の絵を見廻し、しばらく考え込んでいた。

そのあと、五、六分して、田中をふり返ったとき、関根の眼が、笑っていた。

「今、一寸面白いことを思い出したんだ」

「どんなことです？」

「どんな品物でも、外国から日本へ持って来ると関税がかかる」

「そのくらいのことなら、僕も知っていますよ。関税がなければ、僕でも、スコッチを飲めますからね」

「美術品でも、酒でも関税がかかる。だがね、この船の中にある絵や酒には、関税がかからないんだよ」

「本当ですか？」

「その話を聞いたとき、僕も嘘《うそ》だろうと思ったが、船の備品ということで、関税が、かからないらしいんだ。だから、もし、この四つの絵の中に、何億円という名画があっても、船の備品だから、一円の税金も、かからないのさ。バーにあるコニャックも同様だよ」

「面白いですね。そりゃあ」

と、田中は、相槌《あいづち》を打った。が、また、すぐ、首をかしげてしまった。

「しかし、それだけじゃあ、樋口が、大野さんを殺す動機には、ならないんじゃありませんか？　確かに、樋口は、上手《うま》いところに眼をつけたと思いますが、別に法律に違反したわけじゃないんですから、大野さんが、それを指摘したのだとしても、殺したりはしなかったと思いますが？」

「ただ、それだけのことならね。だが、こういうことも考えられる。ヨーロッパで、何億円もする名画が盗難にあったとするんだ。それを、樋口が、何かの手蔓《てづる》で手に入れた。日本に持ち返って、マニアに売れば、莫大《ばくだい》な利益になるが、うかつには持ち出せない。空港にも、港にも、監視の眼が光っているからね。それで、樋口は、損を承知で、この船を買い取り、船内にかかっている絵の一つを、盗品と取りかえた。同じロココ調の絵だったら、普通の人間には区別がつかないだろう。それに、今もいったように、船の備品ということで、日本の税関もチェックしない。どうだね？　こういう考えは」

7

関根は、その考えを、刑事たちに話した。

刑事たちは、黙って、関根の話を聞いていたが、聞き終ると、何故か、顔を見合せて、ニヤッと笑った。気を悪くした関根が、「信じて頂けないんですか？」と、顔をこわばらせると、背の高い刑事が、首を横にふって、

「実は、ついさっき、同じようなことをいって来た人がいたので、つい笑ってしまったのですよ」

「誰ですか？　それは」

「船の持主の樋口氏です」

「本当ですか？」

「なんでも、フランスにいる時から、船に掛っている絵を、日本の画商に引き取って貰うことに、話がついていたというのですよ。その画商が、今日の夕方到着するから、商談していいかといって来ましてね」

「それで、許可したのですか？」

「ええ。別に事件とは関係がないと思いましたからねえ。しかし、今のあなたの話が事実とすると、必ずしも、無関係とはいい切れなくなりました」

「じゃあ、どうするんですか？」

「商談を停止する権限はありません。それで、念のために、絵の専門家を呼んで、立ち会って貰いましょう。それでいいでしょう？」

　刑事は、了解を求めるように、関根にいった。

　静岡に住む、Kという著名な美術評論家が、急遽《きゅうきょ》、S港に呼ばれた。やがて、東京から画商が来て、微妙な空気の中で、絵の商談が始まった。

絵は、ティーサロンに四枚、船長室に一枚の合計五枚あった。

Kが、まず、五枚の絵を仔細《しさい》に調べたあと、画商と樋口が商談に入った。

関根は、白髪の美しいKの傍に行って、

「どの程度の絵ですか？」

と、きいてみた。勿論《もちろん》、ある期待を持ってだったが、Kは、微笑して、

「あれは、五枚とも、十八世紀の宮廷画家の描いたものですよ。一流でなく二流のね。きれいな絵だが、そう大したものじゃありませんよ」

と、いった。

関根は、失望した。自分の考えは、間違っていたのだろうか。

「じゃあ、五枚とも、あまり値打ちのない絵なんですか？」

「せいぜい、一枚五、六十万というところでしょうね」

と、Kは、そっけなくいった。その言葉は、画商が、五枚で三百万と値をつけて、正しさが裏書きされた。

一枚ずつ、船から、岸壁に待っているトラックに積み込まれていく絵を、関根は、小さな溜息《ためいき》と共に見送った。どうやら、彼の推理は、どこかで間違っていたらしい。

警察の調査の方も、行き詰ってしまったように見えた。S港に引き止められている招待客からは、当然、苦情が出はじめた。マスコミ関係者は、記事が書けるから文句をいわなかったが、芸能人は、そうはいかなかった。シャンソン歌手の沢木ゆかりなどは、これでは、折角決っている仕事が、キャンセルされてしまうと、刑事の前で泣き出す始末だった。

そんな嶮《けわ》しい空気の中で、関根は、S港の漁師から、意外なことを聞いた。

オートレック号を、S港に繋留するについて、樋口と地元との間には、一ヵ月の契約しかしていないというのである。それに、洋上ホテルの構想について、知っている漁師は一人もいなかった。

（ひょっとすると――）

と、関根は、考えた。オートレック号を洋上ホテルにする考えなど、樋口には、最初からなかったのかも知れない。マスコミ関係者や芸能人を招待して、盛大にパーティなどやったのは、それらしく思わせるための手段ではなかったのか。

とすると、樋口は、別の目的のために、オートレック号を買ったのだ。大野は、その理由を知ったために、殺されたに違いない。だが、それは、どんなことなのだろうか。

樋口が、オートレック号を売りに出したという噂を聞いたのは、その翌日だった。

その噂は、東京から逆に伝わって来たのである。

「買い手もついたらしい」

と、電話で知らせてくれたのは、東京のデスクだった。

「誰ですか？」

「何でも、××観光の小野寺徳之助だそうだ」

と、デスクはいい、これは、かなり信頼性のある情報だとつけ加えた。

関根は、その情報の真偽を確かめるために、樋口に会った。関根が、噂をぶつけると、樋口は否定も肯定もせず、あいまいに笑ってから、

「どうも、洋上ホテルというのは、はじめに考えたほど、うまい事業とは、考えられなくなりましてねえ。それに、この船で殺人事件があったとなると、縁起をかつぐ日本人が、果して、泊ってくれるかどうかが、心配になったものですからね」

「それで、売りに出したんですか？」

「まあねえ」

「最初から、洋上ホテルにする気なんか、全然なかったんじゃないですか？」

「そんなことはありませんよ。絶対に」

樋口は、心外だというように、語気を強めたが、関根は、逆に、樋口の頭には、最初から、洋上ホテルの構想はなかったのだと確信した。

問題は、樋口の本当の目的は何かということだった。樋口のことだから、金がからんでいるに違いない。オートレック号を、フランスから日本へ持ってくるだけで、何か儲かることがあったのだろう。

（ダイヤモンド、金、阿片の密輸でもなく、名画のことでもないとすると――）

「東京へ行ってくる」

と、関根は、急に田中にいった。

「東京のどこへいらっしゃるんです？」

「本社の資料室だよ。あそこで、調べものをしてくるんだ」

「樋口要一郎のことを調べてくるんですか？」

「それも調べたいが、他にもね」

と、関根はいい、刑事の許可を得て、東京に舞い戻った。

関根が、もう一度、S港に姿を見せたのは、翌日の午後だった。

岸壁まで迎えに来てくれたカメラマンの田中は、

「××観光社長の小野寺が、船を見に来ていますよ」

と、緊張した顔で、関根に囁《ささや》いた。関根は、間に合ってよかったと思いながら、

「それなら、僕たちも、その取引を見学しようじゃないか」

と、田中を誘った。

瘦身《そうしん》の小野寺は、樋口の案内で、船内を見て廻っていた。オートレック号の値ぶみをしているのだろう。その顔に、微笑が浮んでいるところをみると、オートレック号が、気に入ったようだった。

二人が、ティーサロンに落着いたところで、関根は、半ば強引に話しかけた。

「この船を、お買いになるんですか？」

と、関根がきくと、小野寺は、眼鏡《めがね》を外し、それをハンカチで丁寧に拭《ふ》きながら、

「まあね。いい船だし、値段の折り合いもついたからね」

と、いった。小野寺は、続けて、四国に海洋ランドを造っているので、オートレック号は、そこに回送して、洋上ホテルにするのだといった。今の関根には、興味のな

い話だった。

小野寺の話が、一息ついたところで、関根は、

「折り合いがついた値段というのは、この船の備品を含めての値段ですか？」

と、きいた。

小野寺は、詰らないことを聞く奴《やつ》だといいたげに、小さな咳払《せきばら》いをしてから、

「勿論、あの古い家具類も含めてのことだよ。新しい家具じゃあ、この船に似合わんからねえ」

と、いった。

「僕のいうのは、家具以外の――」

と、関根がいいかけると、横から樋口が、

「ティーサロンにあった絵のことなら、ちゃんとお話ししたよ」

と、機先を制するようにいった。そのとおりだというように、小野寺も頷く。

関根は、ニヤッと笑った。

「僕がいっているのは、絵のことじゃありませんよ。書斎に並んでいる本のことですがね」

と、小野寺は、きき返してから、

「あの横文字の古めかしい本のことかね。あれは、樋口さんが、ゆっくり読みたいとおっしゃるんで、全部、お持ち頂くことにしたよ。わたしは、日本人相手の洋上ホテルにする積りだから、あんな外国の、しかも古臭い本は要らんからね」

「あの中に、非常に高価な稀覯本《きこうぼん》が混っていてもですか？」

「何だって？」

小野寺の細い眼が、急に大きくなった。

関根は、ちらっと、樋口に眼をやってから、

「九ヵ月前、フランスの国立図書館で、一冊の本が盗難にあったのです。これが、世界に一冊しかないという稀書です。セルバンテスの『ドン・キホーテ』です。勿論、これだけなら、どうということもありませんが、この本には、『裸のマハ』で有名な同国人の画家、ゴヤの肉筆画十二枚がついているのですよ」

「高い本なのかね？」

小野寺が、眼を光らせてきく。関根は頷いた。

「本？」

「好事家《こうずか》なら、いくらでも払うでしょうね。億単位の金でもです。その本が、この船の書斎の横文字の古本の間に、さりげなく突っ込んであるかも知れないのですよ」

「信じられん」

「僕の友人の大野という男が、この船で殺されました。彼は、書画骨董に詳しい男でした。稀覯本のことにもです。そんな男ですから、フランスでの、今申しあげた盗難事件も、知っていたに違いありません。日本の新聞にも出ていましたからね。そして、大野は、この船で、何かを見つけ、そのために殺されたのです。僕は、最初、絵かと思いましたが、この想像は、見事に外れました。あと残るものといえば、書斎の本だけです。大野が、あそこで何かを見つけたとすれば、それは、本に違いありません。それも、殺されるだけの理由を持った本ということになります」

「――――」

「ゴヤの肉筆画入りの『ドン・キホーテ』が、何かの理由で、樋口さんの手に入ったとしましょう。盗難本だから、うかつな方法ではフランスの外へ持ち出せない。そこで、この船を利用したのです。船の備品でしかない本には、誰も、注意は払いませんからね。それを大野に見つかったので、樋口さんは、彼を殺したんです」

「馬鹿をいっちゃいかんッ」

と、樋口が、怒鳴った。その激しすぎる怒鳴り方が、余計に、関根に自信を持たせた。

「じゃあ、これから書斎に行って、あそこにある本を全部調べてみようじゃありませんか。問題の本は、必ずある筈ですよ。何なら、警察にも立ち会って貰ったらどうです？　貴重な本を拝見するんですからねえ」

関根の言葉につれて、樋口の血色のいい顔が、少しずつ蒼《あお》ざめていった。

樋口は、殺人容疑で逮捕された。が、窃盗、密輸の罪には問われなかった。

フランスで樋口が手に入れた稀覯本は、巧妙に作られたニセモノとわかったからである。

謎《なぞ》の組写真

1

いくつかあるカメラ雑誌の中で、歴史の古い「カメラ・ジャパン」では、年一回、「カメラ・ジャパン賞」の作品を募集している。

賞金三十万円は、このインフレ時代には僅《わず》か過ぎるともいわれているが、それにも拘《かかわ》らずこの賞が注目され、毎年厖大《ぼうだい》な数の応募作品があるのは、プロカメラマンの登竜門とみられているからである。

特に、社会派カメラマンとして、現在第一線で活躍している中堅の大部分は、この「カメラ・ジャパン賞」の受賞者だった。ベトナム戦争に従軍し、生々しい報道写真を撮り続け、ピュリッツァ賞を得たKも、公害を追い続けているSも、受賞者の一人である。

今年の第三十回の募集には、カラー、白黒合せて、約二千点の作品が寄せられた。

例年以上に力作が多いのは、それだけ、大衆の中に、写真というものが定着した証拠だろう。

そんな中で、選者である三人の大家が、白黒写真の部で一致して押したのは、「白《しら》鬚《ひげ》橋・二十四時間」と題された五枚の組写真である。

隅田川にかかる白鬚橋の朝から夜までを、さめた眼《め》で撮ったもので、よくある題材ながら、橋を渡って行く人々の姿をとらえる手腕は、並々ではなかった。

作者の名前は、南原昌久《なんばらまさひさ》。二十九歳。

「この人は確か、過疎《かそ》で人のいなくなった島に一カ月近く腰をすえて、写真を撮った人じゃなかったかな」

と、選者の一人が、思い出しながらいった。

「廃墟《はいきょ》の中で、飢えた野良犬が歩き廻《まわ》っているあの写真も良かったが、今度のこの写真の方が、奥行きがあるな」

「写っている人物が、単なる橋の附属品になっていなくて、大げさにいえば、人生の重味を感じさせるねえ」

と、他の選者もいった。

「とにかく、久しぶりの大物新人だね。これからが楽しみだよ」

「カメラ・ジャパン」の編集長をしている田口にとっても、嬉《うれ》しい新人の登場だった。

去年、一昨年と、二年続けて「カメラ・ジャパン賞」が出ていなかったからである。

「どんな人物か、会うのが楽しみですね」

と、田口は、眼鏡《めがね》を押しあげながら微笑した。

2

南原昌久は、まだ独身である。

動き廻ることの好きな南原は、まだ、家庭を持つ気になれずにいた。金もない。少しでも金が入れば、新しいカメラを買ってしまうか、その金で取材に出かけてしまう。

中古のカローラを改造し、屋根《ルーフ》が開くようになった車に寝袋を積み込んで、彼は、どこへでも出かけて行く。

「カメラ・ジャパン」から、受賞通知の電報が届いた時も、南原は、北海道から帰ったばかりだった。

受賞したのは嬉しかった。が、賞金の三十万円は、すぐ消えてしまうことだろう。南太平洋のコバルトブルーの海に魅せられていたから、三十万円がその旅費になってしまうのは、眼に見えている。

翌日、南原は、愛車に乗って、東京駅に近い「カメラ・ジャパン」社へ出かけた。どこへ行くにも、ジーパンにセーターというラフなスタイルである。別に気取っているわけではなく、一番楽な、金のかからない服装だからにすぎない。それに、背広は一着も持っていない。

「カメラ・ジャパン」では、すぐ応接室に通され、女の子が、コーヒーを持って来てくれたが、肝心の編集長は、なかなか現われなかった。

早く来すぎたのかなと思い、昨日の電報を読み返してみたが、そこには、「明日午後二時来社されたし」と書いてあり、今は、午後二時である。

三十分近く待たされてから、編集長の田口が、やっと、顔を出した。

「どうも、お待たせして。実は、ちょっとしたゴタゴタが起きましてね」

田口は、当惑した表情をかくさずに、南原にいった。

「それは、僕に関係があることですか？」

と、南原はきいた。

「そうです」

「すると、僕の受賞が取り消されたというようなことですか？」

「違います。実は、昨夜、この建物に泥棒が入りましてね」

「泥棒ですか――？」

それが、自分とどんな関係があるのだろうかと、首をかしげながら、南原がきくと、
田口は、パイプを取り出して火をつけてから、

「妙なことに、その泥棒は、高価なカメラには眼もくれず、あなたの作品だけを盗んでいったのですよ」

「僕の？　本当ですか？」

「本当です。応募された作品は、それぞれ、題名と作者名を書いて封筒に入れ、キャビネットにしまっておいたのですが、その中からあなたのものだけが失《な》くなっているのです」

「僕の作品を何のために盗んでいったのでしょうか？」

「われわれにもわかりません。しいて考えれば、あなたの当選作品だけは、別にしてありましたから、貴重品が入っていると、泥棒が考えたのかもしれません。それで弱ってしまいましてね。警察には連絡しましたが、ネガも提出して頂いてありますので、

もし、出て来ないとなると、困ったことになるなと思っているのです。白鬚橋は、あの五枚以外にも、撮られたわけでしょう?」

「もちろん、何枚も撮りましたが、同じものはありません」

「でしょうね。問題は、どうしてもあの作品が見つからなかった場合なのです。作品がなくても、あなたの才能は、選者の先生方が太鼓判《たいこばん》を押されていますから、いささかも疑いは持ちませんが、雑誌に発表する時に困るのです。あれと同じものはないでしょうが、あなたが気に入ったものを出して頂いて、それを雑誌にのせたいと考えているのですが」

「突然、そういわれても――」

「もう一度、新しく白鬚橋を撮って下さっても結構です。全《すべ》て、こちらのミスですから、そちらのよいようにして頂いて結構です」

田口の言葉に、南原は、すぐには返事ができなかった。応募した五枚のネガと写真が盗まれたという話が、あまりにも唐突だったこともあるが、良心的に考えて、代りのフィルムをすぐには提出できないこともあったからである。

南原は、去年の九月下旬に、白鬚橋を一週間にわたって撮り続けた。撮ったフィルムは、百本近い。しかし、その一週間の中、彼の気に入る光や影や人物があった日は、九月二十七日のたった一日でしかなかった。その日に撮った二百枚のフィルムの中から、まず五十枚を選び、それをどんどんしぼっていって五枚にしたのである。安易に、他の何枚かで間に合わせるわけにはいかなかった。

「できれば、もう一度、撮り直したいと思います」

と、南原はいった。

彼は、自分のアパートに戻ると、さっそく、二度目の白鬚橋撮影にとりかかった。アパートのある世田谷から、白鬚橋の荒川区南千住まではかなりの距離がある。毎日往復していたのでは、大事なシャッターチャンスを逸してしまう。南原は、愛車に泊り込むことにして、車に寝袋を積んで出かけた。

白鬚橋は、ドヤ街で有名な山谷《さんや》から、東京ガスのガスタンクに沿って明治通りを一キロほど歩いたところにかかっている。橋を渡ると、墨田区向島《むこうじま》である。

南原が、白鬚橋に興味を持ったのは、そこに人生を感じたからである。もともと橋は好きだった。都会の名物になってしまった歩道橋は、ただ醜悪なだけだが、川にかかる橋には美しさがある。

特に白鬚橋の場合、橋のこちら側と向う側とでは、そこに住む人々の生き方が違って見えるところが面白い。白鬚橋のこちら側、南千住は労働者の町である。それに反して、川の向う側、向島は典型的な三業地。その対比が、橋の上を往来する人々の表情や服装に現われている。

南原は、白鬚橋に着くと、橋のたもとに腰を落ちつけ、カメラを構えた。五、六分前から、梅雨時特有の小雨が降り出し、橋全体が、雨の中に煙《けむ》ったようになっていた。悪い景色ではない。番傘をさした女が通っていくのは、いかにも下町らしい。だが、なかなか気に入るような写真は撮れなかった。

その夜は、車の中で眠った。

翌日は、昨日の雨が嘘《うそ》のようによく晴れたが、昼近くなって、田口が車でやってきた。

南原は、写真のさいそくかなと思って、

「まだ、気に入った写真が撮れていませんが――」

というと、田口は、微笑して、

「もう、撮り直しをして下さらなくて結構です。あの写真が見つかったんですよ」

3

「というと、泥棒が入ったというのは間違いだったんですか？」

「いや。泥棒に盗られたのは事実ですが、今朝、社の前で、封筒に入ったまま、見つかったんですよ。ポリバケツの中に捨てられていました。写真もネガも無事です。恐らく泥棒は、何か高価なものが入っていると思って盗ったものの、調べてみたら橋の写真とネガしか入っていないので捨てたんでしょうな。優秀な写真も、泥棒には、豚に真珠だったわけですよ」

田口は、面白そうに笑った。

「私も、これで、ほっとしました」

「それで、僕の作品は？」

「すぐ印刷に廻しました。ご心配なく、五枚の写真、ネガとも、ちゃんとありましたから」

南原も、よかったと思った。たった五枚の写真でも、自信のある作品というのは、簡単には撮れないからだ。

南原は、白鬚橋の撮影をやめると、その日の中に、行きたいと思っていた沖縄へ出発した。こんな行動力も、彼の若さである。

沖縄といっても、彼が関心を持っているのは、観光と開発の波に洗われる沖縄本島ではなく、もっとも開発が遅れているといわれている西表《いりおもて》島だった。原生林とイリオモテヤマネコで有名なこの島に、南原は半月近くとどまって、撮りまくった。

六月末、彼が、まっ黒に陽焼《ひや》けして帰京したとき、「カメラ・ジャパン」の八月号は、もう本屋の店頭に並んでいた。

羽田空港内の売店で買い求め、南原は、バスの中で広げた。

第三十回「カメラ・ジャパン賞」発表と題された頁《ページ》には、

〈大型新人の登場〉

という大きな活字が躍っていた。

南原は、照れながら、印刷された自分の作品を見た。

さすがに、歴史のあるカメラ雑誌だけに、いい印刷である。作者にすれば有難い。雑誌によっては、折角のいい写真を、絵ハガキのようにつまらなくしてしまうことがある。

見開きの二頁にわたって、五枚の写真が並び、南原が予期したとおりの効果を出していた。

思わず微笑したが、二、三度、見直しているうちに、

「おや？」

と、南原は呟《つぶや》いた。

どこかおかしい。

最初、五枚の写真のどこがおかしいのかわからなかった。全て、見覚えのある自分の写真と思ったのだが、よく見ると、一枚だけ違うのだ。

南原は、すぐ、「カメラ・ジャパン」社に、田口を訪ねた。

田口は、南原が、「カメラ・ジャパン」の八月号を手にしているのを見て、

「ごらんになって頂けましたか」

と、微笑して、

「組写真の並べ方は、あれでよかったですか？」

「ええ。ただ、あの五枚の中に、一枚だけ僕が写したんじゃないものが入っているん

ですよ」

「そんな馬鹿《ばか》な」

田口は、手元にあった八月号をパラパラとめくって、

「この五枚のどれが違うというんです？」

「四枚目です」

と、南原は、その写真を指さした。

「午後四時」という副題のつけられた写真は、西陽の当る白鬚橋の景色である。橋のたもとには、夫婦者のたこ焼屋が屋台をひらく支度をしている。数人の男女が橋を渡ろうとしている。朝や夜の同じ橋の上の通行人と人種が違う面白さを狙《ねら》って撮ったものだった。

「これはあなたのですよ。私も審査の時に立ち会って、何度も見ているから間違いありません」

と、田口がいった。南原は首をふって、

「確かに、僕のものによく似ています。僕も最初は気がつかなかったくらいです。しかし、よく見ると違うんですよ。僕のものにも、この屋台のたこ焼屋が写っていたし、

橋の上の人物の配置もよく似ています。だが、タッチが違う。僕のタッチじゃない」

「ち、ちょっと待って下さいよ」

田口はあわてて、キャビネットから封筒を取り出して来た。

社名入りの封筒で、中には、南原が応募した五枚の写真と、ネガが入っている。ネガは一枚ずつ切り離してネガカバーにおさめてある。それを、田口は机の上に並べてから、

「全部、あなたのものだと思ったのですがねえ」

「一枚だけ違うのです」

南原は、その中の一枚をつまみあげた。

彼の眼から見ても、なかなかいい作品だ。構図もいいし、シャッターチャンスもいい。だが、彼の作品ではない。彼の撮った写真によく似せてあるが、違うのだ。

「これは、僕が撮ったものじゃありません。ネガも」

「しかしわからんなア」

と、田口は、当惑した顔で、その写真を見て、

「これが、あなたのでないとすると、一体、どうなったんですかねえ。誰《だれ》が、こんな

悪戯《いたずら》をしたんです？」

「僕にもわかりませんね」

「もう一度、確認しますが、本当に、この一枚は、あなたが応募したものとは違っているんですね？」

「ええ。違います」

「すると、誰かがすり替えたということになるんだが」

「僕も、そう思いますね。僕の他に、白鬚橋を撮って応募した人がいたとしたら、その人のものと一枚だけ間違って封筒に入れてしまったということも考えられるんじゃありませんか？」

「いや、白鬚橋の写真は、あなた一人でしたよ」

「とすると、僕の作品を盗んだ泥棒が、一枚だけすり替えて、封筒に戻しておいたことになりますね」

「そうですね」と、田口は肯《うなず》いたが、まだ、しきりに首をかしげていた。

「考えられるのは、それだけですが、泥棒は、何のために、そんな面倒くさいことをしたのかな。あなたの当選を嫉《ねた》んで盗み出したのなら、焼き捨てるのが自然でしょう。

それなのに、五枚の中、一枚だけをすり替えて返した理由がわからない。この封筒は、社の前に置いたポリバケツの中に入っていたんですが、当然、探す場所ですから、返してよこしたと考えてもいいと思うんですよ。それに、あなたにもおわかりと思いますが、このすり替えた写真も、悪い出来じゃありませんよ」

「ええ。いい写真です。僕とはタッチが違いますが、技術だけからいえば、僕より秀《すぐ》れているかもしれません」

「そうでしょう。だから、私も、すり替えられてるとは気がつかず、印刷に回してしまったんです。とにかく、気付かなかったのは、編集長の私の責任です。申しわけありません」

と、田口は頭を下げてから、

「ところで、今後のことなんですが、雑誌は出てしまって、もう回収するわけにはいかないのですよ。それに、審査をやって頂いた三人の先生のこともありましてね。今更、当選作とは違った写真を発表してしまったともいえないし、困りました。来月号になら、訂正記事を出せますが」

当惑した顔で口ごもる田口に、南原は、笑って、

「そんなことは構いませんよ。僕は、ただ、妙だなと思ったんで、あなたにお話ししただけです。もちろん、自分が撮ったものでない写真が、自分のものとして発表されているのは嫌なものですが、五枚の中の一枚だし、お話を聞けば、不可抗力みたいなものですから、抗議する気もないし、訂正記事をのせて頂かなくて、結構ですよ」

「それを聞いて、ほっとしました」

田口は、やっと、口元に微笑を浮べたが、

「しかし、誰が何のために、こんな面倒くさいことをやったんですかねえ」

「僕も、そのことの方に興味がありますね」

と、南原は、もう一度、問題のネガを見た。

彼の記憶にあるものと、構図もそっくりだし、ご丁寧《ていねい》なことに、使用しているフィルムまで、同じN社のものである。犯人は、なぜこんなにまでして、一枚の写真をすり替える必要があったのだろうか。

4

疑惑は残った。が、南原は、過去に拘《こだ》わることの嫌いな性格である。

「カメラ・ジャパン」賞として貰《もら》った三十万円は、貰った翌日、親しい仲間十二、三人を呼んでドンチャン騒ぎをし、一日で使ってしまった。

そうした使い方をすることで、妙な事件は忘れてしまうことにしたい気持があったからである。

集ったのは、彼と同じように若い写真家と、モデルの女性たちだった。どちらも、無名な若者たちばかりだが、それだけに、元気があったし、怖いものなしでもあった。

「あれは、南ちゃんのものの中でも、出来のいい作品だな」

と、仲間は、「白鬚橋・二十四時間」をほめてくれた。もちろん、口の悪い連中のことだから、少女趣味だとか、情趣過多といったいつもの批判も出たが、悪意のあるものではない。また、あの五枚の中の一枚が、南原のものではなかったのに気付いた者もいなかった。

夜半過ぎまで、仲間の一人が借りているマンションで気勢をあげ、解散したのは、午前二時だった。

南原は、モデルの一人の江口朱子を、彼女のアパートまで送って行った。朱子は二十三歳。写真のモデルをやって二年になる。目立つ子ではないが、誰にも好かれる人のいいところがある。南原は、少しずつ、彼女に魅《ひ》かれていくのを感じていた。ばくぜんと、彼女との結婚生活を考えたこともある。多分、彼女となら、上手《うま》くいくだろう。少なくとも、自分の重荷にはならない女性だと思うし、結婚生活には、それが一番大事なことだろうとも考えている。

「南ちゃんは、これから偉くなるわね」

と、未明の道を歩きながら朱子がいった。

「さあどうかな。なればいいけどね」

南原が素直に応じたのは、相手が朱子だったからである。他の人間だったら、偉い、という言葉に拘わったろうと思う。

「きっと、偉くなる。カメラ・ジャパン賞を貰ったんだもの。きっと、いろんなところから、仕事の注文が舞い込むわ」

「その時には、できれば一緒にやりたいね」

南原は、笑顔でいい、取り合っていた手に力をこめた。そっと抱き寄せて、キスした。まだ、しばらくは結婚できないだろうが、結婚の相手としては、彼女以外の女を考えたことはない。

南原が、二日酔いが残って、ふとんの中でごろごろしているところへ、電話が掛った。

ふとんの上に寝たまま、受話器に腕を伸ばした。

「南原先生ですか？」

と、中年の男の声がした。

「先生なんて代物じゃありませんが、南原です」

南原は、苦笑しながら答えた。

「先生はご存じないかと思いますが、私は、東京クラブという会社のものです。実は、うちで、今度、月刊雑誌を出すことになったのです。グラビア頁の多い、若者向きの綜合《そうごう》雑誌が目標でして、まあ、それで、創刊号は先生の写真で、グラビアを飾りたいのです。お忙しいと思いますが、協力して頂けませんか」

「どんな写真が欲しいわけですか？」

「先生は、何かの雑誌に、南太平洋の海と島を撮りたいと書いておられましたね」

「ええ。書いたことがありますよ。何人ものカメラマンが撮っていますが、まだ、完全には、あの素晴らしい自然は撮り切れていないと思っているんですよ」

「私も、そう思いますねえ」と、相手の男は、電話の向うで、大きく肯いた。

「それでご相談ですが、先生に、南太平洋の海と島を撮りまくって頂きたいのですよ。若者たちの憧《あこが》れは、今や、パリやロンドンよりも、自然の豊かな南太平洋に向けられていますからね。私どもとしても、その写真で、グラビアを飾りたいわけです」

「そうですねえ」

南原は、受話器を持ったまま考えた。悪くない仕事だと思う。頼まれ仕事でなくても、南太平洋には行きたいと思っていたからである。

「僕は、わがままな人間ですよ」と、南原はいった。

「いろいろと条件をつけられると困るんですが」

「立派な芸術家に対して、そんな失礼なことはしませんよ。私どもとしては、いい写真が頂ければそれでいいんです。条件は一切つけません」

「それなら有難いですね」

「では、うちの林君に会って、くわしい打合せをして下さい」

相手は、もう南原が引き受けたものだというように、勝手に話をすすめてくる。南原は、苦笑しながらも、とにかく会ってみることにして、近くの喫茶店を指定した。

5

来たのは、パンタロン姿の若い女だった。白ずくめの服装が、理知的な顔によく似合っていた。南原は、朱子とは違った魅力をその女に感じた。

「東京クラブ社の林可奈子《かなこ》です」

彼女は、ハンドバッグから、名刺を取り出して南原にくれた。

〈ルック・東京〉編集部　林可奈子
と、印刷してあった。

「まだ決定していませんけど、雑誌の名前はそうなる予定になっているんです。それで、仕事のことですけど、私どもとしては、すぐにでも、かかって頂きたいんです。

出来まして？」

「いいでしょう。しかし、飛行機やホテルの手配をしなければなりませんからね」

「それは、私が全部やります。パスポートはお持ちなんでしょう？」

「前にとりましたよ。いつでも海外へ出られるようにね」

「それなら問題はありませんわ。切符その他の手配は、二、三日中にすませますから、来週から仕事にかかって下さい」

林可奈子は、テキパキといい、南原があっけにとられていると、今度は、南太平洋の地図をテーブルの上に広げた。

「南太平洋の取材となると、私は、タヒチを根拠地にして、足を延ばすのが一番いいと思うんですけど」

「かもしれませんね。ただし、何を撮るかは僕に委《まか》せて下さいよ」

「もちろんですわ。時間をかけて、いい写真を撮って頂きたいんです。取材の費用は全部、うちの社で持ち、写真が出来た段階で別に百万円お支払いするという条件でどうでしょうか？」

悪くない条件である。「いいでしょう」と、南原が承知すると、林可奈子は、ニッ

コリ笑ってから、

「決ったら、先生にお願いがあるんですけど」

「何です？」

「これから一緒にデパートへ行って、私の水着を選んで頂きたいんです」

「なぜ、君の？」

「今度の取材旅行には、私がお供することになっていますもの」

可奈子は、クスリと笑った。

6

七月二日。

南原は、羽田空港の国際線ロビーで、林可奈子と待合せて、タヒチ行のエア・フランス機に乗った。

東京からタヒチまでの直通便である。

ジェット機で、約十二時間でタヒチの首都、パピエテに着く。ハワイからなら五時間である。

佐渡島の約一・二倍の大きさのこのタヒチ島に、ゴーギャンが憧《あこが》れた野性を求めて来る人が、今も絶えないが、実際に着いてみると、タヒチは、ポリネシア諸島の中で、ハワイについで文明の光の強い島だということがわかる。パピエテにはビルが建ち、港には豪華なヨットが並んでいる。ゴーギャンの絵にあるような、裸の娘もいない。道路には、日本製のオートバイやバイクが、騒音を立てて走り廻っている。

しかし、南原は別に落胆はしなかった。洋風化したタヒチは、それなりに面白い被写体だったし、ホテルが整備されているだけに、ベースとしては恰好《かっこう》だった。

南原は、タヒチの北東にあるツアモツ諸島、或《あるい》は、西南にあるクック諸島へと足を延ばして、写真を撮りまくった。

飛行場も、これといった港もないこれらの島へ行くには、飛行艇をチャーターして行くか、さもなければ、コプラの採集船に便乗させて貰うしかない。

南原は、もっぱらスクーナーと呼ばれるコプラ採集船を利用した。南太平洋に散らばる小さな島々には、これといった産物も産業もない。ただ一つ、共通してあるのはココヤシである。このココヤシの実の中身がコプラであり、マーガリンや石鹸《せっけん》の原料になる。そのため、コプラ採集船が、島をめぐって集めて廻るわけである。島の人たちにとって、コプラが唯一の現金収入である。

南原は、金をつかませ、この船に乗せて貰い、いまにも波にのまれそうな小さなサンゴ礁の島へも出かけて行った。コプラ特有の臭気に悩まされながらの船旅である。小さい船なので、沖に出ると猛烈にゆれる。驚いたことに、可奈子は、平気で同行してきた。

彼女をモデルにした写真も、何枚か撮った。

浅黒い細身の身体《からだ》に、ビキニがよく似合って、モデルとしても上等だった。

「なかなかいいよ」

と、南原がほめると、可奈子は、

「先生のお気に入りの江口朱子さんには及ばないでしょう?」

と、いたずらっぽく笑った。

南原は、ファインダーの中の可奈子を見ながら、

「なぜ、そんなことまで知ってるの?」

と、きいた。

可奈子は、クスッと笑って、すきとおったサンゴ礁の海に、しなやかな身体を踊らせた。魚のように、五、六メートルもぐってから、急に首を海面に出して、

「私は、先生のことなら何でも知っているんです。生年月日も、背の高さも、恋人のことも」

「それは不公平だな。僕の方は、君のことを何にも知らないんだから」

「知らない方がいいわ。先生」

「なぜ?」

「なぜって、このお仕事だけで、お別れするんですもの。私たちは」

と、可奈子は、海水に濡《ぬ》れた髪をなでながらいった。

七月十四日が近づくと、タヒチをはじめとするフランス領ポリネシアの島々では、祭りの準備がはじまった。南海のパリ祭である。

名前はパリ祭だが、南原が見ていると、むしろ、日本の祭りに似ていた。

街には、屋台が出て、縁台将棋に似た街頭バクチも出るからである。それに、パピエテの街で行われるダンスコンクールは、どこか日本の盆踊り大会に似ていた。タヒチ周辺の島々からやって来た踊り手たちが、踊りを競《きそ》うのだが、そのタヒチアンダン

スは圧倒的な迫力を持っていた。

祭りが終った七月二十日。南原は、タヒチから飛行機で四時間の東サモア諸島のツイラ島へ出かけた。この島の町パゴパゴが、サマセット・モームの短篇《たんぺん》「雨」の舞台になったところだったからである。

それまで、どこの島へも同行した可奈子だったが、この時に限って、気分が悪いといって、同行を断った。

南原は、彼女を、パピエテのホテルへ残して、一人で、パゴパゴへ出発した。

ポリネシア諸島の中では、雨の多いところである。彼が着いた日も雨で、撮影条件は悪かった。だが、小さなホテルで、じっと雨に降りこめられていると、モームの小説の中の主人公が、降り続く雨に理性を失ってしまう気持がわかるような気がした。雨に降りこめられると、都会と違って、ここではすることがないし、気をまぎらわせるものがないからである。そんな島の空気を撮りたくなって、南原は、雨の中を、カメラを持って歩き廻ったりもした。

パゴパゴには二日間滞在し、二十三日には、タヒチ島へ戻った。これで、凡《およ》そ、撮りたい島の写真は撮ったと思い、パピエテのホテルへ戻ったら、可奈子に、それをいおうと思ったのだが、彼女は、ホテルにいなかった。

驚いて、フロントに電話してきくと、フロントは、フランス訛《なま》りの英語で、

「ミス・ハヤシは、七月二十日にお発《た》ちになりました。行先ですか? 日本へ帰るとおっしゃっていましたが」

7

南原は、狐《きつね》につままれたような気持だった。

東京に急用が出来、あわてて帰国したのかとも思った。だが、フロントは、東京から彼女に電話はなかったというし、南原へ何の伝言もなく、突然、帰国してしまうというのも変な話だった。

名刺を置いてきてしまったので、とにかく、日本へ帰って、「東京クラブ」という出版社へ連絡をとれば、事情がわかるだろう。そう考えたが、困ったのは、東京までの航空運賃だった。ホテル代は、可奈子が払ってくれて行ったが、飛行機の切符は置いて行ってくれなかった。

百五十ドルほどの金は持っていたが、それでは足りない。仕方なしに、商売物のカメラを一台売り払い、それで、やっと、羽田までの切符を買うことが出来た。

七月二十四日の夕方、およそ一カ月ぶりに、南原は、日本に帰った。

鞄《かばん》の中には、南の海と島と、そこに住む人々を撮りまくったフィルムが詰っている。それは、彼を満足させてくれるのだが、林可奈子の不可解な行動や、愛用していたカメラを失ったことが、彼の気持を不安定なものにしていた。

いったん、自分のアパートに帰ってから、可奈子に貰った名刺を取り出し電話を掛けてみた。

若い女の声が、電話口に出た。

「そちら、東京クラブですね？」

南原は、まっ黒く陽焼けした顔を片手でなでながらきいた。

「はい」

「林可奈子さんを呼んで貰いたいんだが」

「林といいますと、どこの課の林でしょうか？」

「そちらで今度、月刊雑誌を出すことになっているでしょう？　〈ルック・東京〉という雑誌ですよ。その編集部の林可奈子さんですよ」

「ちょっとお待ち下さい」

電話の女は、急にあわてた声でいい、二、三分、間を置いてから、

「その雑誌とかいうのは、何のことでしょうか？」

と、きき返してきた。

「何って、おたくで、今度出す雑誌ですよ」

「番号間違いじゃございませんか？　こちらは、工芸品の売買をしている会社で、雑誌の出版など致しませんが」

「そちらは、二九六の――番じゃないんですか？」

南原は、名刺に刷られた電話番号をゆっくりといってみた。

「それは確かに、うちの電話番号ですけど、雑誌を出す計画などありませんし、今、調べましたところ、社員の中に、林可奈子という者もおりませんが」

「本当ですか？」

「はい」

「他に、東京クラブという会社はありませんか？」

「ない筈ですけれど」

「どうも——」

と、電話を切ってから、南原は、考え込んでしまった。まるで狐につままれたようで、わけがわからない。

どうやら、最初に電話を掛けてきた男も、林可奈子という女も、架空の月刊雑誌の話で、南原を欺したとしか、考えられなくなった。実在の会社の名前を使ったのは、南原に調べられた時、困るからだろう。

まんまと欺された。

だが、相手が何のために、そんなことをしたのかわからなかった。

帰りの航空運賃がなくて、カメラを一台売らなければならなかったとはいえ、約一カ月間の向うでの滞在費から、飛行機、船などの費用、それに何百本というフィルム代も、向うが払ってくれたのだ。細かくは計算していないが、南原の分だけで、百万円は軽く越している額である。何のために、そんな大金を使ったのだろうか？

欺されたと思いながら、あまり腹が立たないのは、損をしたという感じが、殆《ほとん》どないからである。ともかく、南原は、南太平洋の海と島と人間を撮りまくってきた。それは、彼にとって一つの財産である。

南原は、気を取り直して、撮ってきた写真の現像に取りかかった。２ＤＫの四畳半の部屋の半分を暗室に改造して使っていた。

現像をはじめると、写真家らしく、欺されたことを忘れて、仕事に熱中した。しかし、可奈子が写っているフィルムになると、また、考え込んでしまった。損害はカメラ一台で、得たものの方が大きかったとしても、欺されたシコリは残っている。

可奈子の写真だけ、先に、大きく引き伸ばして、部屋の壁にピンで留めた。

ビキニ姿で、ニッコリと笑っている写真である。バストはさほど大きくないが、しなやかな身体が、若さを誇っているように見える。バックが抜けるような青空のせいか、その笑顔に、少しも暗い影は感じられなかった。この女が、何のために、南原を欺したのだろうか？

写真を見ているうちに、彼女と交わした言葉が少しずつ思い出されてきた。彼女は、南原のことを何でも知っているといった。江口朱子のことまで知っていたのだから、嘘ではあるまい。ところが、こちらは、彼女のことを、何も知らないのだ。

イヤ、少しはわかっている。まず名前だ。パスポートも同じ名前だったから、林可奈子というのは本名だろう。もっとも、誰か友人のパスポートを使っていたのだとすれば、この限りではない。

フランス語が達者だった。タヒチでは、最初の一週間ぐらいは、彼女が通訳してくれたものだった。「上手いね」と、南原がほめたら、大学の仏文を出て、半年ばかりパリにいたことがあるといった。が、パリにいたというのも嘘かもしれないし、どこの大学の仏文かも聞き忘れた。

（やはり、何もわからないのと同じだな）

と、南原は苦笑し、畳の上にごろりと横になって、その恰好で、壁に貼《は》りつけた可奈子の写真を眺めた。

8

それから三日間、南原は、厖大なフィルムの現像、引伸し、それと整理に追われた。

嬉しいことに、「南太平洋の島と人」という題で、Sデパートで個展を開いてくれるという話も飛び込んできた。

四日目の午前中に、電話があった。近くのN銀行からだった。相手がN銀行とわかったとたんに、南原は、ひとりで恐縮した。その銀行に、普通預金口座を持っていたが、残高は、わずか二、三万円しかなかったからである。

「南原様ですね」

と、相手は、確認するようにいってから、

「本日、林様からお振込みがありました。金額は百万円でございます」

「本当ですか？」

「はい」

「相手の名前は、林可奈子――ですか？」

「はい。林可奈子様です」

「振込伝票は、そこにありますか？」

「写しがございますけど」

「住所はどうなっています？」

「住所は書いてございません。振り込まれたのは、T銀行の渋谷支店でございます」

また、南原は、首をかしげてしまった。

相手は、最初の約束どおり、百万円払ってきたのだ。

おかしないい方だが、相手は良心的に行動しているのだ。雑誌の話は嘘だったが、その他は嘘ではなかったのだ。

南原に、好きなだけ、南太平洋の写真を撮らせてくれたし、帰国すると、約束したとおり百万円の金を振り込んできた。

金のありあまっている人間が、南原をからかっているのだろうか。それとも、何か目的があって、南原を南太平洋の島々へ行かせたり、百万円を贈ってきたりしたのだろうか。考えてみたが、そのどちらも、馬鹿げてみえる。金持の遊びとすれば、南原をからかって楽しいとは思えないし、目的があったとしても、彼に利用価値があるとは思えないからである。

いくら考えても、結局、わからなくて、考えることを止《や》めてしまったが、問題は、振り込まれた百万円だった。そのまま受け取るのも何だか薄気味が悪いし、かといって、返すには、相手の住所がわからない。念のために、彼女が振り込んだというT銀行の渋谷支店に問い合わせてみたが、林可奈子の口座はないという返事だった。

その日の夕方になって、今度は、「カメラ・ジャパン」編集長の田口から電話が掛ってきた。

「何度も電話したんですが、お留守でしたね」

と、田口は堅い声でいった。

「ちょっと、南太平洋の方へ、写真を撮りに出かけていたのです。何かご用ですか？」

「電話では話せないことなので、明日、会って貰えませんか？」

「いいですよ。どこでお会いします？　そちらへ伺いましょうか？」

「いや。社じゃない方がいい。新宿の伊勢丹《いせたん》の近くに、『エロイーズ』という喫茶店がありますから、そこへ、午後二時に来て下さい。頼みます」

「わかりました」

と、南原はいった。

翌日の七月三十日。彼は、十分ばかり前に新宿に着き、エロイーズという喫茶店を探した。

小さな喫茶店だった。南原は、奥のテーブルに腰を下して、コーヒーを頼んだ。暑い陽差しの中を歩いて来たので、冷房が心地よかったが、それが、少し寒く感じるようになっても、田口は現われなかった。

南原は、二時半まで待ってみた。が、いぜんとして現われない。南原は、レジのところにある電話で、カメラ・ジャパン社に連絡してみようとして、今日が日曜日だったことを思い出して、やめた。

南原は、更に、三時まで、コーヒーのお代りをして待ってみたが、結果は同じだった。多分、向うの都合が悪くなったのだろうと解釈して、南原は席を立った。また、アパートの方へ連絡してくるだろうし、連絡がなかったら、明日にでも、こちらから、カメラ・ジャパン社に連絡してもいい。

南原は、江口朱子を新宿まで呼び出し、二人で映画を見、食事をした。食事をしながら、妙な南太平洋旅行のことを、朱子に話して聞かせた。

「結果的には、ずい分トクをしたんだが、どうも薄気味悪くてね」

「林可奈子という人が、すごいお金持で、才能のあるあなたのパトロンになりたがっているんじゃないの？」

と、朱子は、いかにも女らしいことをいった。南原は笑って、

「違うねえ。パトロンだったら、僕に感謝させるよ。ところが、彼女は行方《ゆくえ》不明にな

っちまった」

「もう一度、彼女に会いたいと思うの？」

ちらりと、朱子の眼に、嫉妬《しっと》の色が浮んだ。南原は、あわてて、「別に」と、首を横に振って見せた。

「また会って、また欺されるのはごめんだよ」

南原は、朱子を自宅まで送り、アパートへ帰ったのは、夜の十時を過ぎていた。ガタピシする段階をのぼり、二階にある自分の部屋の前に立ったとき、ふいに、廊下の奥にいた二人の男が、近寄って来た。

「警察の者ですが、南原昌久さんですね？」

と、背の高い方が、ジロリと南原を見た。

「ええ。南原ですが――？」

「カメラ・ジャパンの田口さんをご存じですね？」

「知っていますよ。田口さんがどうかしたんですか？」

「殺されました。十時間前にね」

9

南原は、一瞬、ポカンとして、二人の刑事を見つめた。

「何ですって？」

「田口さんは、今日の午後一時頃《ごろ》、自宅附近で、何者かに殺されたのです。背中を刺されて」

「いったい、誰が、何のために？」

「それを、われわれが調べているのです。ご足労ですが、これから同行願えませんか」

「なぜ、僕が？」

「今、田口さんを知っているといわれた筈ですよ」

「いいましたが、格別親しかったわけじゃありませんよ。会ったのも確か三度だけです」

「しかし、これは、あなたの名刺でしょう？」

刑事は、見覚えのある南原の名刺を取り出して、彼の眼の前に突きつけた。

「確かに僕の名刺ですが」

「殺された田口さんが、この名刺を、しっかりと右手に握りしめていたんです。だから、折れまがっているでしょう」

「それが、僕とどういう——？」

「田口さんのポケットには、他の人の名刺も六枚入っていました。その中から、あなたの名刺だけを握りしめていたということは、二つのことを示していると思うのですよ。犯人を示そうとしていたのか、それとも、あなたに何か知らせたいことがあったのか、どちらかでしょうね。心当りはありませんか？」

「心当りといわれても、田口さんはカメラ雑誌の編集責任者で、僕は、そこに写真をのせて貰っただけのことですから。ただ、昨日電話があって、今日、新宿で会うことになってはいましたが」

「それをくわしく話して貰えませんか。車の中がいいですな」

二人の刑事は、両側からはさむようにして、南原を下に待たせてある車に連れて行った。

「今日の午後二時に、新宿のエロイーズという喫茶店で会うことになっていたんです」

と、南原は、走り出した車の中で説明した。

「会いたいというのは、田口さんの方からいって来たんですか？」

刑事の一人が、直接南原を見ず、バックミラーの彼の顔に向ってきいた。

「そうです」

「その用事の内容はどんなことだったんですか？」

「わかりませんね。電話では話せないことだから、会って話したいということでしたから」

「どんなことか、想像もつきませんか？」

「全然、つきませんね。僕は一カ月ばかりタヒチやフィジーに写真を撮りに行っていて、帰国したばかりなんです。そこへ、急に、田口さんから電話があったんですからね。どんなことで会いたいのか、僕にわかる筈がありませんよ」

南原が車で連れて行かれたのは、多摩川署だった。確か、田口の家は、多摩川の近くだった筈である。

「多摩川堤殺人事件捜査本部」と貼紙のある部屋に入ると、南原は、田口の突然の死が、急に実感となって迫って来た。

捜査本部というものを見るのは初めてだった。いくつかの机を寄せて並べ、その上に、四つばかり電話が置いてある。がらんとした殺風景な部屋だった。

「まあ、座って下さい」

と、南原を連れて来た刑事の一人が、椅子《いす》を彼にすすめ、自分で冷えた麦茶を入れてくれた。

だが、そうした表面上の優しい取扱いにも拘らず、南原は、自分が容疑者の一人にされているのを感じないわけにはいかなかった。

部屋にいた刑事たちの自分を見る眼に、それを感じるのだ。

「ところで」と、前に腰を下した刑事が、煙草に火をつけて南原を見た。

「今日の午後二時に、新宿の喫茶店に行かれたんですか？」

「ええ。行きましたよ」

「それで？」

「三時になっても田口さんが来ないので、あきらめて帰ったんです」

「それにしては、帰宅が遅かったですね」

「新宿に出たついでに、女の子を呼び出して、映画を見て食事をしたからです」

「名前は？」

「江口朱子。写真のモデルをやっている子ですよ」

「彼女に会ったのは、何時です？」

「三時を過ぎていましたね。三時半頃だったかな」

「すると、多摩川の川原で一時半に被害者を殺し、新宿に出て女に会ったとしても、時間的には、ゆっくり間に合ったわけですね」

「僕が、田口さんを殺したとでもいうんですか？」

「可能性をいっているだけですよ」

と、刑事は、冷たく突き放すようないい方をして、南原を睨《にら》んだ。

10

南原は、K大病院で、田口編集長の遺体と再会した。彼の遺体は、これから司法解剖に回されるのである。

　田口の細君の美代子にも、ひんやりした地下の死体置場で会った。小柄で、おとなしい顔立ちの女性である。驚愕《きょうがく》と悲しみで、彼女の細面の顔には、深いかげりができていた。

　遺体が解剖に回されると、南原は、慰めるように、美代子に声をかけた。

「実は、今日の午後二時に、ご主人とお会いすることになっていたんです」

「存じていました」

と、美代子は、気を取り直したように、眼をあげて南原を見た。

「今日は、三つになる子供を連れて、遊園地に遊びに行く予定でしたの。それが、前日になって急に、写真家の南原さんと大事な用件で会わなければならなくなったといったんです」

「その内容をお聞きになりましたか？」

「いいえ」

「それがわかれば、犯人の目星がつくかもしれないんですがね。ご主人は、多摩川の川原で殺されていたそうですね？」

南原は、美代子を新たな悲しみに誘うかもしれないと思いながら、あえて質問したのは、犯人を知る糸口をつかみたかったからである。まだ、なぜ殺害されたのか理由はわからないが、もし、彼に会おうとしたことが原因ならば、責任は、彼にもある。

「はい」と、美代子は肯いた。

「うちから、私鉄のQ駅まで、多摩川の土手を歩いて行くんですけど、その土手からおりた川原で死んでいたんです。あの辺は、丈の高い雑草が生えていて、人が死んでいても、なかなかわからない所なんです」

「犯人は、そこへご主人を連れ込んだんですね。ご主人は抵抗されたんでしょうね？」

「それが、抵抗のあとはないと、警察の方はおっしゃっていました」

「すると、顔見知りの人間か、話せばわかる相手と思ったかのどちらかですね。盗られていたものがありましたか？」

「財布が盗られておりました。確か五万円近く入っていたと思います」

「腕時計は？」

「腕にはめたままでした。でも、主人は左ききで、腕時計はいつも右手にはめていましたから、犯人は左手を見ただけで、腕時計はしていないと早のみ込みしたのかもしれません」

「なるほど」

「主人は、あなたの名刺をにぎりしめて死んでいたそうですけど、なぜでしょうか？」

今度は、美代子がきいた。

「正直にいってわかりません。僕に何か伝えたいと考えられたのか、それとも、刺された原因が僕にあることをいおうとなさったのか、そのどちらかだろうと、今は考えているのですが」

もし、前者なら、犯人は、次に南原を狙ってくるかもしれない。そう考えた時、南原は、背筋に冷たいものが走るのを覚えたが、同時に、そうなれば、犯人に出会うことが出来るし、あわよくば捕えることが出来るかもしれないとも考えた。

遺体解剖が終り、美代子が再び地下におりて行ったあと、南原は、ひとりで病院の外の道路へ出てみた。すでに時間は午前四時に近かった。

煙草《たばこ》に火をつけ、疲れた頭で、今度の事件を考えてみようと思った。

田口は、南原と会う途中で何者かに殺された。彼が何を話そうとしたのか、今になっては、知るすべもない。だが、物盗りの犯行ではないとすれば、殺人の原因は、田口が南原に話そうとしたことの内容にありそうである。

南原は、田口と会ったのは三回だけでしかない。田口のプライベイトな面は全く知らなかった。彼が結婚していたことも、今日、細君に会って初めて知ったくらいだ。

とすれば、田口が殺された原因は、彼のプライベイトな面ではない。

田口と南原の二人の間の問題が原因だとすると、南原の頭に浮ぶのは、カメラ・ジャパン賞のことだけである。あの五枚の写真の中の一枚がすり替えられたことと、田口が殺されたこととの間に関係があるのだろうか。

夜が少しずつ明けてくる。向いのビルの壁が、白っぽく明らんでくるのを眺めていると、病院へ同行して来た藤本刑事が近づいて来て、

「田口さんが殺された原因について、何か思いつかれましたか？」

と、きいた。

11

猪首《いくび》のがっちりした身体つきの藤本刑事は、南原から、五枚の組写真のことを聞くと、首をひねった。

「その他に被害者《がいしゃ》とあなたの間に問題はなかったのですか？」

「ありません」

「すると、その写真が原因で殺されたことになるのかな。あなたが考えて、一人の人間が殺されるほど、大事な写真だったと思いますか？」

「いや。ただの平凡な橋の写真です」

「とにかく、その写真を見たいですね」

と、藤本刑事はいい、南原は、彼を、自分のアパートに連れて行った。すでに、夜が明けていた。

南原は、彼の写真の載っている「カメラ・ジャパン」の八月号を、藤本刑事に見せた。

「これは、同じ日の朝から夜までを撮ったものですね？」

「そうです。去年の九月二十七日です。一週間にわたって撮りまくったんですが、光線や、人物なんかの具合で、気に入ったのは、この日の写真だけでした」

「去年の九月ですか」

藤本刑事は、急に興味を失った眼になった。無理もない。去年の九月の写真が、今年の殺人事件に関係してくると考える方が無理なのだ。それでも、刑事は、

「すり替えられた写真ですが、それに、事件を匂《にお》わすようなものが、写っていましたか？」

と、きいた。

「いや。そんなものは、写っていませんでしたね。橋の上に人物が四、五人写っていただけです。時間は午後四時で、けだるい空気だけはよく出ていたと思っているんですが」

「スリが仕事をしているところが、バッチリと写っていたというようなことは？」

「全然ありませんね」

と、南原は、笑った。

「すると、その写真は関係ないのかもしれませんね。受賞後、田口さんから、何か撮ってくれと依頼されたことはありませんか？」

「いや。全然ありません」

「すると、田口さんが殺された原因は、これからあなたに頼もうとした、そのことだったのかもしれませんな」

藤本刑事は、勝手にそう決めてしまった。もちろん、その可能性もなくはないだろう。例えば、田口が、暴力組織の実体といった報道写真を雑誌にのせることを考えていたとする。それも、どこの県の暴力団といった具体的な目標を立てた。それを知った暴力団が田口を脅した。が、彼はその脅しに屈せず、南原に頼もうとして、殺されてしまった。あり得ないことではない。

だが、南原は、すり替った写真の線を調べてみることにした。今の彼には、他に手がかりとなるものがなかったからである。

藤本刑事が帰ったあと、南原は、しばらく眠り、午後になって眼をさますと、大きなケント紙を机の上に置いた。問題の写真を、思い出しながら、そこに描いてみようと考えたのである。

橋の袂《たもと》に、たこ焼の屋台を出している中年の夫婦がいた。それに、橋を渡る人々。確か写真には、男が二人、女が二人写っていた。その中、アベックが一組。若いアベックだった。並んで、隅田川を見下ろしていたので顔はわからなかった。だが男の手が女の腰に回されていて、二人の間の親しさを示していた。あと、中年の男が、向島方向から渡って行くのと、逆の方向から、老婆が来るのが写っていた。老婆は残暑がきびしいのに、大きな風呂敷包みを背負っていたっけ。男は、確か帽子をかぶっていた。

南原は、少しずつ、人物に4Bの鉛筆で肉付けをしていった。中年の男には、ひげも書き加えた。アベックは、男女ともブルーのジーパン姿だった。

デッサンが完成すると、それと、すり替った写真とを比べてみた。

その写真にも、たこ焼屋の夫婦の他に、四人の男女が写っている。構図もよく似ている。カメラに背を向けている若いアベックに、通り過ぎる中年男と老婆。よく似せたものだが、アベックの女の方は、ジーパンでなくビッグスカートだし、中年男や老婆も、明らかに違う人物である。毎日、店を出しているたこ焼屋の夫婦だけが同じだ。

南原は、デッサンと写真を前に置いて考え込んだ。

たこ焼屋の夫婦は、他の写真にも写っているのだから、問題の写真をすり替えたりはしないだろう。残る四人の中に、あの日のあの時刻に、写されては困る人間がいたのかもしれない。だから、すり替えた――。

背を向けたアベックは、顔が写っていないのだから、除外できるだろうか。いや、背恰好や、服装で知人が見れば誰それとわかるだろうから除外はできない。中年男と老婆は、顔がはっきりわかるのだから、なおさらである。

この四人の一人一人に当って調べてみたら、或は、何かつかめるかもしれないが、肝心の写真が失くなってしまった今では、四人の名前や、住所を調べるのも難しい。

南原は、その代りに、去年の九月二十七日に、白鬚橋の近くで、何か事件が起きなかったかを調べてみることにした。

所轄署で聞けば一番いいのだろうが、地図で見ると、白鬚橋は、台東区、荒川区、墨田区の三つの区が接する地点にかかっているので、三つの所轄署から話を聞かなければならない。南原は、そうする代りに、国会図書館へ出かけて、去年九月二十七日に起きた事件を調べてみた。

新聞の縮刷版を引き出し、九月二十七日の夕刊と、二十八日の朝刊に眼を通した。

問題の九月二十七日には、他の日と同じように、さまざまな事件が起きていた。若い母親の嬰児《えいじ》殺し、泥酔運転、内ゲバ殺人、ひったくり、エトセトラである。

白鬚橋附近で、しかも、午後四時前後としぼると、一つの事件が浮びあがってきた。


〈向島で若い女性殺さる〉

二十七日午後六時頃、東京都墨田区向島×丁目にある「コーポ向島」四〇九号室のドアが開き放しになっているのを不審に思った管理人の佐藤市郎《さとういちろう》さんが中をのぞいたところ、六畳の居間で、小城泰子《こしろやすこ》さん（二五歳）が背中を刺されて死んでいるのを発見し、警察へ届け出た。警察の調べによると、泰子さんは、死後二時間は経過しており、物盗り、怨恨《えんこん》の二つの線で捜査を進めている。


この事件の他には、白鬚橋附近で、午後四時前後に何も起きていない。

殺された小城泰子の顔写真ものっていたが、なかなか美人である。

南原は、愛車のポンコツで、このマンションに出かけた。

浅草方向から白鬚橋を渡って五、六分のところに、コーポ向島は建っていた。３ＬＤＫ以上の部屋ばかりという豪華マンションである。

新聞に出ていた佐藤市郎という中年の管理人に会った。話好きとみえて、南原が去年九月二十七日の事件を口にすると、待っていましたというように、

「わたしが見つけたとき、ネグリジェの上に紫のガウンを羽おった恰好で、床に倒れていたんです。だから、犯人は、相当、小城さんと親しい人物だと思いましたね。そんな姿で、相手を部屋に入れたんだから」

「小城泰子さんというのは、どういう人だったんです？」

「大きな会社の社長さんのこれですよ」

と、管理人は、小指を立てて見せた。

「元はその会社のタイピストだったらしいんですがね。優雅な生活をしてましたわ」

「それで、犯人は見つかったんですか？」

「ええ。小城さんに若い恋人がいましてね。背の高いサラリーマンですが、完全に彼女を自分のものにしようと思ったんでしょうね。だが、彼女が社長と別れんものだから、かっとして刺したんじゃありませんか」

「自供したんですか？」

「それが、裁判になっても否定してましたが、動機もあるし、証拠もあるしじゃ駄目

ですよ」

「裁判があったんですか？」

「ええ。先月開かれましてね。わたしも、証人として出廷しましたよ。しかし、裁判というのは、もたもたしてるもんですねえ。一年近くかかったあげく、判決が下りるのは、今年の末だっていうんだから」

「動機といえば、その社長にもあるんじゃありませんか？　小城泰子さんに若い恋人が出来たのを知って嫉妬にかられたことも考えられるし——」

「警察も、社長さんを一応調べたようですよ。しかし、きちんとしたアリバイがあった上に、小城さんとの間が冷たくなっていたようで、警察は、それなら殺す筈はないと考えたそうです」

「その会社の名前を知っていますか？」

「ええ。銀座に本社がある中央興業という会社ですよ。なんでも、東南アジアの物産の輸入の仕事をしている会社だそうです」

「社長も、裁判に来ていたんじゃありませんか？」

「ええ。二度ばかり見ましたよ。ここにお出でになる時にも、何回か顔を合わせましたが、いい方でしてね。小城さんのことをよろしくといって、いろいろな物を頂きました」

「ここに来る時は、車で来ていたんですか？」

「それが面白いことに、橋の向うまでタクシーで来て、そこから歩いていらっしゃるんですよ。車を乗りつけたりして、目立つのが嫌だったんでしょうね」

「その人は、年齢は四十五、六歳で、鼻の下にひげを生やしていませんか？」

「あなたも、社長さんをご存じなんですか」

と、管理人は笑った。

「ええ。一度だけ、お会いしたことがありましてね」

と、南原はいった。

12

少しずつ、パズルが解けていくような気が、南原はした。

去年の九月二十七日、小城泰子という若い女が、向島のマンションで刺殺された。

容疑者の一人、中央興業社長には、アリバイがあることになっているが、同じ日、白鬚橋で写真を撮っていた南原のカメラに入ってしまった。彼にとっては、命取りになる写真である。だから、あの一枚をすり替えたのだ。

警察にいうべきだろうか？

だが、これは、あくまでも南原の推測でしかない。肝心の写真はなくなってしまっているのだし、すり替えられたことを知っているもう一人の人間、田口編集長は、殺されてしまっている。こんな状態では、警察は、南原の話を信用してくれまい。といって、このまま黙ってしまったのでは、無実に違いない若者を刑務所に送ることになりそうだし、田口を殺した犯人も見つけられなくなる。

南原は、銀座に出て、問題の中央興業を訪ねてみた。

マンションの管理人は、大会社といったが、商社としては小さい方だろう。ビルの一階から三階までが、中央興業本社になっていた。入口を入ると、受付があったが、南原は、それを通さずに、社長室のある三階へあがって行った。彼の推理が当っていれば、受付を通して会ってくれる相手とは考えられなかったからである。

三階の奥に社長室と書いたドアが見えた。南原は、そのドアの前で一瞬、迷ってから、ドアを押しあけた。

すぐのところが秘書室になっていて、そこにいた若い女が、咎《とが》めるような眼で南原を睨んだ。その理知的な顔に、南原は見覚えがあった。

「やあ」と、南原は、彼女に笑いかけた。

「こんなところで会えるとは奇遇だね」

「――――」

林可奈子は、黙っていた。が、その顔が蒼ざめていた。

「君が振り込んでくれた百万円は、明日にでも返すとして、社長に会わせてくれないかな」

「社長はお留守です」

「じゃあ、部屋だけでものぞかせて貰うよ」

「駄目です。お帰りになって下さい！」

と、可奈子が叫ぶのを無視して、南原は、奥の部屋に入って行った。

大きな部屋の豪華なソファに、中年の男がひとりで腰を下していた。その顔にも見覚えがあった。間違いなく、南原の撮った写真に写っていた中年男である。

「僕を知っていますね？」

と、南原がいうと、こちらは、林可奈子のように狼狽《ろうばい》したりはせず、落着いた声で、

「まあ、座りなさい。立っていたら話も出来ん」

と、いった。

南原は、向い合って腰を下した。テーブルの上には、高級カメラが三台置いてある。

「カメラいじりが、私の趣味でね」

と、社長がいった。南原は、笑って、

「あなたのその声にも聞き覚えがありますよ。東京クラブの人間で、創刊する雑誌に僕の写真が欲しいといって来た人だ」

「そんなものは、私は知らん。私は、この会社をやっている橋本だ」

「そして、小城泰子という女性を殺した犯人でもある。違いますか？」

「馬鹿なことをいっちゃ困る。あの女を殺したのは、三根春彦《みつねはるひこ》という若いサラリーマンだよ。私ではない。警察で聞いてみたまえ」

「違いますね。犯人はあなただ」

「私には、ちゃんとアリバイがある。彼女が殺された時間には、私は、ここで仕事を

していた」

「証人は、秘書の林可奈子さんですか？」

「彼女じゃいけないのかね？」

「いけませんね。あなたが、犯行のあった、九月二十七日の午後四時頃、白鬚橋を渡るところを、僕が写真に撮ったからですよ。僕は何も知らずに、それをカメラ・ジャパン賞に応募したんだが、それを知ったあなたは、盗み出し、肝心の写真をすり替えた。その上、あの事件の裁判が開かれている間、念のために、僕を南太平洋に追っ払っておいた。違いますか？」

「証拠はあるのかね？」

「僕が知っていますよ」

「それは、君の勝手な想像だろう。確信があるのなら、警察にいったらどうかね？」

橋本は、自信満々に笑った。

南原は、唇を嚙《か》んだ。確かに、橋本のいう通り、証拠はない。

「それにだ」と、橋本は、かさにかかって、

「君は、私が、君がカメラ・ジャパン賞とかに応募した写真をすり替えたといってい

るが、君が応募したと、私がなぜ知っていたのかね？」

「――――」

南原は、黙るより仕方がなかった。確かに、どうして、この橋本がそれを知ったか、彼にも不思議なのだ。南原は、白鬚橋の写真を応募したことは、恋人の江口朱子にさえ話してなかったのだから。

南原は、ひとまず退散した。

自分のアパートへ戻ってから、南原は、考え込んだ。

橋本が、小城泰子という女を殺したことは、まず間違いない。南原の写真をすり替えたのも橋本だろう。

だが、橋本は、どうやって、カメラ・ジャパン賞の受賞作に、自分が写っているのを知ったのだろうか？

田口編集長が話したのだろうか？　いや、彼が橋本に話したのなら、南原が、すり替えられたと話したとき、あんなに驚きはしまい。あれは芝居ではなかった。

残るのは、審査員の三人の大家だ。多分、三人の中の一人が、カメラを通じて橋本を知っていて、今度の当選作に君が写っていたぞと、彼に話したに違いない。それで、橋本はあわてて、カメラ・ジャパン社に忍び込み、自分が写っている写真をすり替えたのだ。

一つだけ、疑問に対する答が見つかったが、田口が殺された理由が、いぜんとしてわからない。多分、田口を殺したのも、橋本だろうと想像しても、動機がわからないのだ。

南原は、考えあぐねた末、未亡人の美代子に電話を掛けた。

「田口さんが、橋本という人のことを口にしていたことはありませんか？　中央興業という中堅商社の社長です」

「覚えがございませんけれど」

と、美代子は、小さな声でいった。

「それでは、小城泰子という名前はいかがですか？　或は、三根春彦という名前でも」

「ちょっと覚えがありませんけど、最近の手紙を調べてみます」

美代子は、しばらく、間を置いてから、

「ございました」

「どちらがですか？」

「三根利夫という方から手紙が来ております。今、あなたがおっしゃった三根春彦さんのお兄さんのようですわ」

「手紙の内容はどんなことですか？」

「自分の弟が、人殺しの容疑で捕まり、裁判になるので助けて欲しい。自分は今病気で、札幌から動けないので、北大時代の友人の君に頼むというものです。七月に入ってから、主人は、そのことで、いろいろと走り廻っていたんだと思います」

「ありがとうございます。おかげでいろいろとわかりました」

「主人を殺した犯人に心当りでも？」

「必ず僕が見つけ出します」

約束して電話を切ると、南原は、車で、捜査本部が置かれている多摩川署に出かけ、前に会った藤本刑事に面会を求めた。

藤本刑事は、この前よりも、明らかに焦《い》らだっていた。

「犯人の手掛りは、まだつかめませんか？」

という南原の質問に対して、

「全然だ。動機が見つからないんだ」

「じゃあ、僕の考えを聞いてくれませんか」

南原は、白鬚橋の組写真をカメラ・ジャパンに応募したところから話を切り出した。

藤本刑事は、四角い顔をまっすぐに南原に向け、興味があるのかないのかわからない無表情さで、黙って聞いていたが、南原が話し終ると、ただ一言、

「橋本という男のこと、調べてみよう」

と、いった。

13

翌日は、何の連絡もなかった。

二日目の午後二時頃になって、藤本刑事から電話が入った。調査の結果は一言もいわず、ただ、会いたいとだけいった。

南原は、新宿駅近くの喫茶店で、藤本刑事に会った。

「君のいう通り、橋本社長には、怪しいところもあるが、田口さんは殺していない

よ」

　藤本刑事は、ゆっくりした口調でいった。

「なぜ、そうだと断定できるんですか？」

「彼にはアリバイがある」

「林可奈子という女秘書が証言したんじゃありませんか？　田口さんが殺された七月三十日の午後一時には、一緒に会社にいたと」

「いや。違うんだ。他のアリバイだよ」

「どんなアリバイです？」

「それが写真なんだよ。それで、写真にくわしい君に相談したいと思ってね」

　藤本刑事は、一枚の写真を取り出して南原の前に置いた。

　白黒で、キャビネ判の大きさである。

　どこかの駅前広場の写真のようだ。

　橋本が立って笑っている。その背後《うしろ》を、ライトバンが一台走っている。

「これがアリバイですか？」

　南原は、写真に眼をやったまままきいた。

「それは、伊豆《いず》のK駅前だ」

「そうですか。しかし、なぜ、これが、橋本のアリバイの証明になるんですか？　ただの白黒写真ですが」

「その写真は、君のいった林可奈子という秘書が撮ったものだと、橋本はいっている。七月三十日の日曜日に、二人で伊豆へ遊んだ時のものだそうだ」

「やはり、あの二人は、そんな仲だったんですね」

「橋本は、彼女との仲をかくしたりはしていないよ。ところで、よくバックを見てくれ。ビルの電光時計が写っているだろう」

「0・58と読めますね」

「そうだ。つまり、昼間の〇時五十八分ということだよ。伊豆のK駅前に、十二時五十八分にいたのでは、午後一時に、東京の多摩川の川原で、田口さんを殺すことは不可能だ」

「しかし、この写真を撮ったのが、七月三十日とどうしてわかるんですか？」

「私も、それを橋本社長に聞いたさ。答はこうだ。ライトバンが一台走っているだろう。そのライトバンが、もうもうと黒煙を出している。エンジンの不完全燃焼だ。広場を通り過ぎたところで、警察に捕まって、油をしぼられた。それが七月三十日だというんだ。もちろん、私はすぐ、問い合わせてみた。事実だったよ。七月三十日にK駅前で、一台のライトバンが、エンジンの整備不良で捕まっている。七月三十日の午後一時五分。つまり、この写真が撮られた直後だ」

「橋本が細工をしたんじゃありませんか？　そのくらいのことはする男ですよ」

「例えば、どんなだね？」

「写真のライトバンは、中古のカローラ・バンです。かなりありふれた車です。別の日に、同じ型のライトバンを誰かに運転させ、わざと、エンジン不調にして黒煙をあげて走らせることも出来る筈です。十二時五十八分に走らせ、その前で写真を撮れば、これと同じものが出来ますよ」

南原がいうと、藤本刑事は笑って、

「私だって、そのくらいのことは考えたよ。そして調べてみた。だが違うね」

「どうして、違うとわかりました？」

「K駅前の広場で、車がエンジン不整備で捕まったのは、七月三十日だけなんだよ。駅前の派出所の警官もそういっていたし、この辺りの商店で聞いても、同じ返事だった。他の日に細工して、同じ型の車に黒煙をあげさせたら、すぐわかってしまう筈だ。だから、この写真は、七月三十日以外に撮ったものじゃないんだ」

「じゃあ、橋本のアリバイは、完全だというわけですか？」

「そうだが、ただ――」

「ただ、何です？」

「この写真のネガが欲しいといったら、失くしてしまったというんだよ」

14

南原の眼がキラリと光った。

「ネガを失くしたといったんですか」

「そうだよ。なんでも、橋本は、林可奈子をつれて、一泊二日の旅行をしたそうだ。そして、五本ばかり写真を撮ったが、肝心のこの写真がとれているネガだけ紛失してしまったといっているんだ」

「他の写真も見せて貰いましたか？」

「ああ、見せて貰ったよ。彼女が温泉に入っているヌード写真もあったよ」

「カラー写真はなかったですか？」

「全部、白黒だったね」

「おかしいですね。レジャー写真といえば、誰でもカラー写真にするものですが」

「それも聞いてみたさ。橋本の答はこうだ。カラーは、まだ完全じゃないから嫌いだというんだよ。映画監督でも、白黒が一番すばらしいといっている人がいるともいっていたね」

と、藤本刑事は、苦笑してから、

「君は、写真家だから聞くんだが、それがトリック写真だと思うかね？」

「さあ、今のところは、何ともいえません。ネガでもあればわかるかもしれませんが、それがないとなると」

「しかし、ネガがないということは、細工した可能性も出てくるわけだろう？」

「その通りです。肝心の写真だけ、ネガを失くしたというのは、どう考えてもおかしいですよ。ですから、この写真には、細工がしてあるに違いありません」

「しかし、トリックでこういう写真が出来ることが証明されないと、ネガはなくとも、この写真で、立派に橋本のアリバイが成立してしまうんだがね」

「きっと、トリック写真だと思います」

「あれじゃないのかね。先に人物だけ撮っておいて、あとで、ライトバンの写真にはめこむというやつだが」

「ああ、二重露出ですか」と、南原は、うなずいた。

「僕も、まっ先にそれを考えましたよ。一番ありふれた方法ですからね。最初に、レンズの半分か三分の一ぐらいを黒い紙でかくしておいて、シャッターを押す。それには、人物を写しておくわけです。次に、黒紙を反対側に移し、前にかくしておいた部分に、ライトバンを写す。これが、刑事さんのいう方法です。中心線をしっかり確認しておき、左右のズレがないようにするのと、左右の露出を一致させることにさえ気をつければ、案外簡単に出来あがります」

「では、その方法で撮った写真だと思うかね?」

「残念ながら違いますね。問題のライトバンと、橋本との間が空《あ》いていれば、二重露出のトリック写真だと思いますが、ライトバンは、橋本の背後を走っています。重なって写っている。二重露出では、こういう写真は出来ません。車は動いているんですから。それに、二重露出で、上手く写真が出来あがっていれば、ネガを平気で見せる筈です」

「すると、アリバイは完全か？」

「いや。僕は、橋本が犯人だと信じていますし、そうである以上、これは、トリック写真です。僕が、必ず、トリックの方法を見つけてみせます。あと二日待って下さい」

「そうだな。いいだろう」

「その二日間に、あなたに調べて頂きたいことがあります」

「何だね？」

「K駅前でエンジン不調で捕まったライトバンの運転手の身元です」

「その運転手が、橋本と関係があるかどうかということだろう。わかった。調べておこう」

と、藤本刑事は約束し、先に、喫茶店を出て行った。

南原は、問題の写真を持って、自分の車に戻ると、恋人の江口朱子のアパートに向けて走らせた。

朱子に会うと、南原は、「君に頼みがある」と、いった。

「古賀三造、堂本謙次、金子隆という三人の写真家を知っているだろう？」

「知ってるわ。三人とも大家ね」

朱子は、大きな眼で南原を見てうなずいた。

「カメラ・ジャパン賞の審査員だよ。君は、この三人のモデルになったことがあるかい？」

「ええ。あるわ」

「それなら都合がいい。この三人の中に、中央興業という中堅商社の社長橋本という人物と親しくつき合っている人がいる筈なんだ。三人の中の誰なのか調べて貰いたいんだ」

「橋本さんね」

「カメラいじりが好きな男だから、その線でつながっているんだと思う」

「大事なことなの？」

「殺人事件の解決がかかっている」

「へえ」

と、朱子は、大きな眼を一層大きくしてから、

「上手くやれたら、お願いがあるんだけど」

「何だい？」

「今度は、タヒチへあたしを一緒に連れてって欲しいの」

15

南原は、問題の写真を前に置いて考え込んだ。

田口編集長を殺したのは、間違いなく橋本だ。とすれば、この写真は、トリック写真なのだ。

七月三十日の午後一時頃、伊豆のK駅前を、エンジン不調で、黒煙を吐き出しながらライトバンが走ったことは事実である。警察に逮捕されたのだから。

しかし、この写真は、その時に撮ったものではない。もし、そうなら、橋本のアリバイは成立するのだから。

とすれば、この写真は、別の日の十二時五十八分に撮ったものの筈である。しかし、

一方、七月三十日以外に、K駅前広場を、黒煙を吐き出して走ったライトバンはないともいう。

(すると、実際には、この写真に写っているライトバンは、黒煙を吐いてないのではあるまいか)

そして、印画紙に引き伸ばす段階で、いかにも、煙を吐き出して走っているように細工したのかもしれない。

問題は、そんな写真が作れるかどうかである。

南原は、アパートを出ると、大通りを走る車を写し、すぐ、それを現像した。

まず考えられることは、ネガに細工することである。

南原は、カミソリの刃を取り出し、その角で、ネガを細かくこすってみた。ネガの膜を削りとると、印画紙に露光させたとき、そこが黒く感光して黒煙のように見えるからである。

こうして、キャビネ判に引き伸ばしてみた。なんとか、車から黒煙が出ているようには見えるが、じっと見ると、バレてしまうのだ。問題の写真のように上手くはいかなかった。

次は、印画紙に、筆で、黒煙を書き込む方法である。この方が、カミソリでネガをこするのよりも上手くいったが、これも、よく見れば、描き込んだことがわかってしまうのだ。

問題の写真は、この二つの方法で作られたものではなさそうである。

写真のトリックがわからない中に、藤本刑事から先に電話が入った。

「どうやら、君の考えが正しかったらしい。例のライトバンを運転していた男は、中央興業の橋本社長と関係があるようだ」

「どんな関係ですか？」

「運転手の名前は、伊豆K市の鈴木直治という三十二歳の男でね。鈴木物産という会社を経営している。一応、有限会社になっているが、従業員五名という小さな会社だ。興味があるのは、この鈴木物産が、中央興業と取引きがあることだよ」

「いわば、下請けというわけですね」

「その通りだ。下請けの社長なら、親会社の社長のいうことは、たいてい聞くだろうと思うね」

「それで、鈴木直治という男は、橋本に頼まれて、七月三十日にK駅前でライトバンを走らせたことを認めましたか？」

「それが、この男は、今、家族と一緒にハワイに行っていて、あと三日しなければ帰って来ないんだ。君の方はどうだね？　写真のトリックはわかったかね？」

「残念ながら、まだです。しかし、橋本が犯人である以上、あの写真はトリッキイなものであるに決っています。必ず、どんなトリックで撮られたのか解明してみせますよ」

「頼むよ。私のこの手で殺人犯人を逮捕したいからね」

藤本刑事が電話を切ってから二時間ほどして、今度は、朱子から電話が入った。彼女の若い声は、はずんでいた。

「見つけたわ。金子先生よ」

「僕のいったことを認めたのか？」

「ええ。でも、別に悪いことをしたとは思ってないみたいよ。たまたま、当選作に知り合いの人間が写っていたんで知らせたんだっていってるわ」

「金子さんと橋本との関係は、どんなものなんだ？」

「東京カメラ愛好会というのがあるんですって。カメラ好きが集っている会だそうよ。

橋本さんは、その会の会長で、金子先生は、その会の顧問だそうよ」

「なるほどね。ところで、金子さんは、自分の選んだ組写真の一枚がすり替っていることに気がつかなかったのかな？　『カメラ・ジャパン』の八月号を見れば、わかったと思うんだがね。自分の知り合いが写っていた写真がなくなったんだから」

「それが、八月号が出た時、ヨーロッパに行ってたんですって。あたしの話を聞いて、八月号を見て、びっくりしてたわ。のんきなお爺《じい》さんよ」

朱子は、電話の向うでクスクス笑った。その楽しげな笑い方が、南原を励ましてくれた。

彼は、朱子に礼をいって電話を切ると、また、トリック写真の謎解きに取りかかった。

合成写真だろうか？

南原は、こんな話を聞いたことがあった。

新米の新聞記者が、ぜがひでも、特ダネをものにしようと、毎日走り廻っていた。だが、事件の現場には、いつも遅れて着いてしまう。あるビルの火事の時にも、彼が駆けつけた時は、すでに火は消えてしまっていた。それで彼は、焼ける前のそのビルの写真に、煙の写真をくっつけて、煙が出たとたんの記事を書いたという話である。ずい分昔の話だが、それと同じことを、橋本はやったのではあるまいか。

南原は試してみた。

走る車だけを撮った写真と、黒煙だけを撮った写真とを合成するのである。前の二つの方法よりも、自然に見える写真が出来た。しかし、やはり、合成写真らしい境目が出来てしまうのだ。ぱっと見たのではわからないが、仔細《しさい》に見ると、合成写真特有の不自然さがわかってしまうのである。問題の写真は、合成写真でもないのだ。

16

藤本刑事と約束した時間ぎりぎりになって、南原は、ようやく、彼の方から電話をかけることができた。

「どうにか、あの写真のトリックがわかりました」

と、南原は、電話でいった。

「どうやって撮ったのか、説明してくれないか」

「言葉で説明するよりも、こちらに来て下さい。具体的にお見せしますよ」

南原の言葉に、藤本刑事が、彼のアパートに飛んで来た。

「まず、これを見て下さい」

南原は、一枚の写真を藤本刑事に見せた。

キャビネ判の写真で、黒煙を吐き出しながら走っている車が写っている。

「そして、これが、そのネガです」

と、南原は、その写真の横に、白黒のネガを置いた。

藤本刑事は、ネガを眼の前にかざして眺めていたが、「ほう」と、声を出した。

「ネガの方には、煙が出てないね」

「橋本が撮った写真にも、煙は写っていなかったと思いますよ。橋本は、まず、七月三十日の午後一時頃、鈴木直治に頼んで、エンジン不調で黒煙を吐き出しているライトバンを、K駅前に走らせたんです。そんな車が走れば、嫌でも眼につくし、排ガス規制のやかましい時だから、警察は逮捕するに決っている。そうやって、七月三十日の午後一時頃、伊豆のK駅前広場を、黒煙を吐いたライトバンが走ったという実績を作る一方、同じ時刻に、橋本は、多摩川の川原で、田口さんを刺し殺したんです。田口さんは、友人の弟が去年九月二十七日の殺人事件の犯人として逮捕され、裁判にかけられようとしているのを、何とかして、助けようとしていたんです。だから、橋本が、その件で話があるといえば、どこへでも、ついて行ったと思いますね」

「そうだな。話しながら、油断を見すまして、背中から刺したんだ」

「橋本は、そのあと、別の日に、林可奈子を連れて伊豆のK駅に行き、同じ午後一時頃、写真を撮ったのです。七月三十日と同じように、鈴木直治に頼んで、ライトバンを走らさせ、それがバックに入るように立ってですよ。違っているのは、鈴木直治の運転するライトバンが、七月三十日とは違って、煙を吐き出していなかったことだけです。僕の撮った、その写真と同じようにですよ。同じライトバンが、二度、同じ場所を走ったことなど、誰も覚えていないでしょう。二度目のときは、ただ走っただけですからね」

「早く、写真のトリックを教えてくれないかね」

藤本刑事が南原をせかせた。

「いいですとも」と、南原はいった。

「合成写真かもしれないし、印画紙にあとから筆で書き加えたのかもしれないし、或は、ネガを引っかいたのかもしれないと、いろいろと考えてみましたよ。試してもみました。だが、全部違っていました。橋本の写真のようにはならないんです。そして、悩んだ末やっと見つけました。ひどく簡単な方法ですが効果的です。実験をして見せますから、現像室へ来て下さい」

南原は、走る車を写しただけのネガを持ち、藤本刑事を四畳半の現像室へ案内した。

「道具は懐中電灯だけです」

と、暗がりの中で、南原は説明した。

「この懐中電灯を、黒い紙で包み、光が洩《も》れないようにします。そして、黒い紙には、針で穴を一つだけあけておきます。そうしておいて、スイッチを入れると、細い光が飛び出すわけです」

「それを何に使うのかね？」

「筆ですよ。光の筆です」

と、南原は微笑してから、印画紙を取り出した。

「最初、普通の場合と同じく、このネガを印画紙に露光し、現像液に入れます」

南原は、露光した印画紙を、しゃべりながら現像液に入れた。

「普通の場合なら、このまま、完全に絵が出るまで待つんですが、今度の場合は、絵が少し出てきたところで、現像液から出して、水に浸すのです」

「そんなことをしたら、現像が停止してしまうだろう?」

「そのためにやるんです。現像を止めると、ぼんやりですが、車のりんかくはわかります。見て下さい。こうしておいて、この光の筆を使うんです。車の尻《し》っ尾《ぽ》のところから、光を当てて流し、もう一度現像する。ご覧なさい、光を当てた部分が黒くなって、黒煙に見えるでしょう。懐中電灯を近づければ黒煙は濃くなるし、遠ざければ薄くなり、自由自在です。橋本は、この方法で、アリバイ用のトリック写真を作ったに間違いありません」

南原が明りをつけると、じっと腕組みをして、彼の説明を聞いていた藤本刑事が、

「これで、田口編集長殺しの犯人として、橋本を逮捕できる」

と、ほっとした顔でいった。

「同時に、彼は、去年の九月二十七日に、向島で女を殺した犯人だということも忘れないで下さい。無実の若い男が、もうじき、有罪判決を受けるかもしれないんですか

ら」

と、南原は、いいそえた。

翌日遅く、藤本刑事の方から南原のところへ、事件の報告に来てくれた。

「橋本は、観念して全て話したよ。君のいった通り、事件の始まりは去年だった。橋本は、それまでつき合っていた小城泰子と別れようと考えた。理由は簡単だ。新しい女が出来たからだ。そうだ。林可奈子だよ。橋本としては、向島のマンションをやれば、小城泰子は簡単に別れてくれるだろうと、タカをくっていたらしい。しかし、女の方は法外な手切金を要求して、嫌だといえば、橋本が脱税したことをバクロすると脅かしたんだよ。それで、橋本は、彼女を殺してしまった。林可奈子にアリバイを証言させてね。ところが殺した帰りを、君に写されてしまったんだ」

「橋本は、僕に写されたのを気がつかなかったんですか？」

「逃げるのに夢中で、気がつかなかったといっていたよ。事件は、三根春彦という若いサラリーマンが逮捕され、橋本は、首尾よく容疑圏外に逃げてしまった。一方、何も知らん君は、撮った写真を、カメラ・ジャパン賞に応募した」

「そして、今年になってから金子隆に、君が写っていると知らされて、橋本はびっくりして、写真をすり替えたんですね？」

「そうだ。小城泰子殺しの裁判が始まったので、念のために君を南太平洋に追い払っておいたともいっていたよ」

「田口編集長は、なぜ、橋本の存在に気がついたんですか？　気がつかなければ、殺されずにすんだのに」

「君も知ってのように、彼は、北海道の友人から、弟の三根春彦を助けてくれと頼まれた。小城泰子殺しの事件で、三根春彦が犯人でなければ、残るのは、橋本一人なんだ。そして、田口編集長は、橋本が犯人なら、九月二十七日の午後四時頃、白鬚橋附近にいたに違いないとも考えた。ここまで来れば、いやでも、すり替えられた君の写真のことが頭に浮ぶ筈だ。その写真は、白鬚橋を九月二十七日の午後四時に撮ったものなんだからね。それで、田口編集長は、橋本に電話をかけてきたそうだ。去年の九月二十七日の午後四時に、白鬚橋を渡っている君を見たとね。橋本が、田口編集長を殺す気になったのは、そのためだ」

「例の写真のトリックは、僕が考えた通りでしたか？」

「ああ。私が、君のいった懐中電灯の話をしたら、橋本は、ニヤッと笑って、よくわかりましたねといったものさ。鈴木直治にライトバンを運転してくれと頼んだことも認めたよ」

「林可奈子は、全てを知って橋本に協力していたんですか？」

「ああ。そうだ。あんなに若くて美しいのに、女は怖いね」

藤本刑事は、肩をすくめていい、帰りかけたが、また、南原をふり返って、

「橋本が、君のことを、妙な男だといっていたぞ」

「なぜですか？」

「百万円も口止料をやったのに、それを送り返した上に、事件をほじくり返したからだとさ」

超速球１５０キロの殺人

1

前期、最下位に低迷したブルーエンジェルスは、後期の反撃を期して、オール・スター戦後の二日間、多摩川でミニ・キャンプを張った。

オール・スター明けの第一戦は、対巨人三連戦である。監督の三田村は、「巨人を叩《たた》いて、後半戦への弾みをつけよう」と、コーチにも、選手たちにもいった。

今年の開幕前、ブルーエンジェルスに対する評論家の目は、かなり好意的だった。新しいオーナーは、金に糸目をつけず、有名選手を引き抜いてきた。有望新人も獲得した。

太目の身体《からだ》を持て余し気味の、かつてのホームラン王井崎、二百勝を目前に足ぶみを続けている名投手阿部、一五〇メートルの特大ホームランを打ったことが自慢の外野手木下、そんな一匹狼《おおかみ》を、集めたチームだった。

新しいオーナーの有名好きがさせたことだった。

名前だけは、確かに素晴らしい選手たちが集まった。名選手が、名前どおりの活躍をすれば、優勝を争えるチームと、評論家たちはいった。「ただし、名前倒れに終る可能性もある」とも、つけ加えた。

前半戦を見た限りでは、不幸にも、名前倒れに終ってしまったようである。ホームラン数は、全球団中三位だったが、お山の大将的な選手の集まりのために、打線につながりがなく、その上、走れない、守れないという欠点が出て来て、それが、投手陣にも、悪影響を与えることになった。

チームが低迷すると、自然に、内部抗争が生れてくる。

もともと、寄り合い所帯とか、野武士の集団とかいわれていた選手たちである。コーチも、監督の三田村の希望でというより、オーナーの好みで集められた人たちだったから、成績が低下するにつれて、公然と、三田村の作戦を批判するコーチが出て来たとしても、不思議はなかった。

このまま、最下位で終れば、三田村の馘《くび》は確実だろう。ヘッド・コーチの小野は、虎視眈々《こしたんたん》、監督の座を狙《ねら》っていると、噂《うわさ》されていた。その小野は、オーナーと親しいといわれ、彼についている選手も少なくないらしい。

二番を打っている若手の外野手、初島が、小野にだけ腰痛の連絡をし、監督の三田村には、何も伝えずに休んでしまい、問題になったことがあった。

ブルーエンジェルスが、八連敗していた時だったから、カッとした三田村は、次の日、練習に出て来た初島を、他の選手の前で、いきなり殴りつけ、それをカメラマンに撮られて、監督と選手の不和の証拠として、スポーツ新聞を賑《にぎ》わした。

そんなブルーエンジェルスにも、希望の灯《ひ》が、全く無いわけではなかった。

その一つは、若手投手二人の擡頭《たいとう》だった。

一人は、M大から今年入団した野口、もう一人は、四年前、S高校から入団した平《ひら》間《ま》だった。

野口は、身長一八三センチ、七八キロと、やや痩《や》せ型だが、ブルーエンジェルスでは貴重な左腕で、コントロールがよく、豊富な球種を利して、前半戦で五勝九敗の成績をあげた。負け数が多いのは、ブルーエンジェルス自体が最下位にいるのだから仕方がないことだろう。

平間は、夏の甲子園に駒《こま》をすすめながら、コントロールの悪さで、一回戦で姿を消してしまった。しかし、一八六センチの長身と、眼《め》を見はるスピードは、集まったスカウトの注目を集め、ブルーエンジェルスが、ドラフトで二位に指名し獲得した。

その後の四年間、平間が、球界一、二位のスピード・ボールを持ちながら、一軍に出られなかったのは、一にかかって、コントロールの悪さにあった。

この年、二軍で一勝三敗。その一勝でも、十二三振を奪いながら、四球を八つ出していて、押し出しで二点を失っている。

二年目は、やはり二軍で三勝四敗。少しずつだが、良くなっている感じで、三年目こそ一軍行きと期待されたのだが、その三年目に入ると、二軍でも、全く勝てなくなってしまった。四球から崩れる癖が直らず、スピードを殺してストライクを取りに行こうとしては、滅多打ちにあった。

「金の卵は、卵のままで終るか」と、新聞に書かれ、平間自身も自棄《やけ》気味になり、シーズン・オフには、酒を飲むようになり、女に溺《おぼ》れたりした。

平間はもう駄目かといわれたのは、この頃《ころ》である。それが、四年目の今年になって、奇蹟《きせき》のように立ち直り、一軍で勝ち出したのである。スピードがよみがえり、四球も、あまり出さなくなった。

何が平間を飛躍させたのか。ピッチング・コーチが代ったことも理由の一つだろうし、ホテル経営者の次女と婚約し、責任を感じるようになったのも、良かったのかも知れない。十八歳で入団した平間も、すでに二十二歳になっていた。

しかし、何より良かったのは、四球を出すのを怖がらなくなったことだった。いわば、開き直ったのである。四球を三つ出して満塁になっても、あとの三人を三振に打ちとればいいと考えたのだ。おかしなもので、そう考えると、四球も少なくなった。

2

五月末、新人の野口を除くブルーエンジェルスの投手陣が総崩れになり、三田村は、その時、二軍で二勝していた平間を、一軍に引きあげた。

六月二日の日曜日。対巨人三連戦の二戦目に、三田村は、七回から平間を登板させた。ゲームは七対二で負けていたから、いわば、敗戦処理である。この試合は、七対二のままで、ブルーエンジェルスの負けで終ったが、平間は、七、八、九の三イニングを、一安打、四三振に巨人打線を抑えてみせた。四球は二つだけである。

しかし、平間を一躍有名にしたのは、三イニングを完璧《かんぺき》に抑えたからではなかった。九回の表の先頭打者、王を見送りの三振に打ち取った外角高目の直球が、スピード・ガンで、一五三キロを記録したからである。

〈小松辰男より三キロ速い男〉

と、新聞は書いた。

有名選手の好きなオーナーは、それを読むと、わざわざ、監督の三田村に電話して来て、平間を、どんどん使えといった。

もちろん、三田村は、最下位を低迷している現在、何かファンにアッピールするものを作る必要に迫られていたから、平間を、毎試合のように救援に使った。

オール・スターまでの平間の成績は一勝一敗三セーブだったが、球場にやって来た観客は、小松辰男より三キロ速いスピード・ボールを見るだけで満足した。

三田村は、最初、二百勝にあと三勝と迫っている阿部などを多く起用していたが、後期は、新人の野口と、一五三キロの平間の二人を投手陣の軸にすると、新聞記者にもいい、コーチたちにも言明した。

ブルーエンジェルスは、五位の球団から六・五ゲームも引き離されての最下位である。

太目の元ホームラン王、井崎は、ホームランは十六本打ったものの、三振が多く、好機に打てなかった。木下は、けがばかりしている。後半戦で、立直れるという期待を持てない。

今年の最下位は動くまい。とすれば、誇り高きオーナーは、三田村を馘にするに違いなかった。

三田村は、馘を覚悟しながら、その一方、あと一年、ブルーエンジェルスの監督をやりたかった。最下位のみじめなままでやめるのは、彼の誇りがゆるさない。一度、優勝を争ってからやめたいということもあったし、昨年の暮に、長年連れ添った妻と別れ、その慰謝料の支払いのためにも、あと一年、ブルーエンジェルスの監督をやる必要があった。

チームの成績の上昇が望めないとなれば、あとは、営業成績を良くするしか、オーナーにアッピールする方法はない。幸い、新人王候補の野口と、一五三キロの平間がいる。この二人をフルに動かせば、本拠地球場での観客数を増やすことは可能だろう。

「後半戦は、野口、平間の二人と心中するつもりだ」

と、三田村が、記者たちにぶちあげたのは、そんな意味もあったのである。

3

ミニ・キャンプの二日目。

三田村は、まず、投手陣が練習しているブルペンへ足を向けた。野口と平間の調整ぶりを、この眼で、確認しておきたかったからである。

ピッチャーの練習場では、四人の投手が並んで投げており、ピッチング・コーチの佐々木が、腕組みをして眺めていた。

佐々木は、現役時代、そのスピード・ボールで、ノーヒット・ノーランを二回記録した名投手だったが、肩を痛めて現役を退き、ブルーエンジェルスのコーチに迎えられた男である。まだ三十七歳の若さだった。

四人の中には、阿部もいたが、彼は、明らかに、投げやりだった。二百勝間近の阿部を、三田村は、後半戦では、投手陣の軸から外すことを考えていたし、阿部の方でも、それを、敏感に感じとっているからだろう。

野口は、一番右端で投げていた。

新人王候補の呼び声が高いだけに、今日もいい調子で投げ込んでいる。平間ほどのスピードはないが、コントロールのいい直球や、シュート・ボールが、キャッチャーミットで、いい音を立てている。いわゆる切れのいい球なのだ。

三田村は、野口の投球に、「よし」と肯《うなず》いたが、そこに、肝心の平間がいないことに気がついて、とたんに渋い顔になった。

「平間はどうしたんだい？」

と、コーチの佐々木に声をかけた。

「さっき、帰しましたが――」

「帰ったって……おれは知らないぜ」

三田村が、声をとがらせると、佐々木は、首をかしげて、

「おかしいな。てっきり、監督の許可を貰《もら》ったと思っていたんですが」

「なぜ、帰ったんだ？」

「投げると、肘《ひじ》が痛いというものですから、間庭先生のところへ行かせたんですが」

「肘痛？」

三田村の顔色が変った。

後期のブルーエンジェルスの売り物は、野口と平間の二人の若手投手である。中でも、一五三キロのスピード・ボールを投げる平間は、抜群の人気を持っている。その平間が、万一、肘痛で後半戦を棒に振ってしまったら、ブルーエンジェルスのゲームには、閑古鳥が鳴くことになる。

「まあ、たいしたことはないと思います」と、佐々木がいった。

「オール・スター直前に連投させましたから、それで疲れがたまったんだと思います。すぐ治るでしょう」

「それならいいんだが。しかし、おれに一言もいわずに帰るというのは、どういうことなんだ。最近、新聞なんかで持ちあげられるんで、テングになってるんじゃないのかね」

「そんなこともないと思いますが、よく注意しておきましょう」

佐々木は、苦笑しながらいった。

午後二時で、練習はひと区切りし、選手たちは、球団の用意したサンドウィッチに牛乳という簡単な食事をする。それで足りない者は、近くの食堂や、そば屋に足を運んだ。

休憩は、一時間である。

三田村は、その間に、レストハウスから、球団の専属トレーナーでもある間庭医師に電話をかけた。

平間の肘痛が、どの程度のものか、一刻も早く知りたかったからである。

間庭は、正式な医師の資格も持っているトレーナーだった。

電話口に出た間庭は、「おかしいですな」と、いった。

「平間君は、まだ見えていませんよ」

「しかし、もうとっくに、そっちへ着いているはずなんですがねえ」

「途中で、どこかへ寄ってるんじゃありませんか？」

「いや、ピッチング・コーチの佐々木に、真っすぐ、先生の所へ行くようにいってるんです」

三田村は、舌打ちして、電話を切った。

(平間の奴《やつ》、肘痛だというのに、どこで何をしてやがるんだ)

明日から、対巨人三連戦が始まるのだ。

その怒りが、表に出て、午後の試合形式の練習では、三田村は、怒鳴り続けた。

そんな三田村を、ヘッド・コーチの小野が、冷ややかな眼つきで見ていた。ブルーエンジェルスには、ベテラン選手が多い。がみがみ怒鳴ったって、選手はついて来ませんよという眼つきだった。

三田村も、小野のそんな眼に気付いているだけに、余計、選手たちの緩慢プレイに腹が立つのだ。

平凡なフライを、井崎が、もたもたして落球すると、

「井崎！　眼が見えんのか！」

と、三田村は、元ホームラン王を怒鳴りつけた。

井崎が、ふてくされて、落としたボールを蹴《け》とばした。

三田村は、カッとして、井崎に向かって走り寄ろうとしたが、その時、無遠慮に、グラウンドの中に入って来る二人の男が、眼に入った。

「おい。そこの二人！　すぐ出て行け！」

三田村が、大声で怒鳴った。

しかし、開襟シャツ姿の二人の男は、そのまま、グラウンドを横切って、三田村の

ところまで歩いて来ると、一人が、黒い手帳を出した。

「捜査一課の者ですが、平間投手は、何処《どこ》にいます？」

4

三田村が、とっさに考えたのは、平間が、車で間庭医師のところへ行く途中、人身事故を起こし、逃げているのではないかということだった。

（だから、車の運転はやめておけといったのに）

と、思いながら、

「ここにはいません。肘痛が出たので、病院へ行かせました」

「肘痛ですか？」

刑事二人は、顔を見合せた。

「そうです。今日、練習中に、急に肘が痛いといい出したのです」

「ボールを投げられないような状態ですか？」

「いや、そんなことはないと思いますが。平間が、何かしたんですか？」

「ここから三〇〇メートルほど川下に行った河原で、若い女性が殺されました。その女性の名前は、畠中みどりといいます」

「それがどうかしましたか？」

と、きいてから、三田村は、その名前に覚えがあるのを思い出した。

前に、平間が関係した女の名前だった。それと同一人だろうか？

「死体が発見されたのは、今朝の七時頃です。畠中みどりさんは、クラブ『蘭《らん》』のホステスですが、平間投手と関係があったという話を聞きました。その点は、いかがですか？」

「その店は、うちの選手がよく行きますし、平間君と、畠中みどりさんと関係があったことも知っています。しかし、それは昔のことで、平間君は、彼女と別れ、別の女性と婚約しています」

「Nホテル社長の次女、杉村知子さんですね？」

「ええ、そうです。ですから平間君と畠中みどりさんとは、今は何もないはずです」

「畠中さんの遺体は解剖されましたが、その結果、彼女が妊娠四カ月だったことがわかりました」

「そのお腹《なか》の子が、平間君の子だとおっしゃるんですか？」

「クラブの人たちは、二人が、三カ月前まで会っていたと証言しています」

「しかし、彼女は、平間君以外の男ともつき合っていたはずですよ。彼は、それを知って、別れたんですから」

「ブルーエンジェルスの他の選手ともつき合いがあったようですな」

刑事は、ちょっと皮肉な眼つきをした。

三田村は、鼻白みながら、

「しかし、なぜ、平間君が疑われるのかわかりませんね。お腹の子も、彼の子と決ったわけじゃないんでしょう？」

「確かに、証拠はありません。ところで、畠中さんは、中州で殺されていたのですが、死因は、頭蓋骨《ずがいこつ》陥没によるものです。その中州は、神奈川県側からは、歩いて渡れますが、こちら側からは、幅一五、六メートルの深い急流があって渡れません。犯人は、どうやら、こちら側の岸から、硬式ボールを投げて、彼女の頭に命中させ殺したものと思われるのですよ」

「それは確かなんですか？」

「死体の傍《そば》に、このボールが落ちていましてね」

刑事は、ハンカチで包んだボールを、三田村に見せた。

どす黒く汚れているのは、乾いた血らしい。ぶつかった時の衝撃の強さを示すように、ボールは、いくらか変形していた。

「そのボールについていた指紋は、もう調べてあります」と、刑事の一人がいった。

「平間投手の指紋です。それにもう一つ」

「何ですか？」

「これも解剖結果からの推測ですが、ボールが、被害者の頭にぶつかった瞬間のスピードは、時速一五〇キロ近かったろうというのですよ」

5

三田村は、息を呑《の》んだ。一五〇キロという数字は、当然、平間と結びついてくるからである。

「それで、うちの平間が怪しいと思われているんですか？」

「確か、平間投手は、時速一五三キロのスピードが売り物でしたね」

「確かにそうですが、殺された女のですね、すぐ傍から投げれば、素人だってボールをぶつけて殺せるんじゃありませんか？」

三田村は、必死にいった。

「それが、駄目なのですよ」と、刑事がいった。

「今もいったように、畠中みどりさんは、中州で殺されました。神奈川県側からは、浅瀬の石の上を伝って行けば渡れるので、彼女も、あちらから渡ったものと思います。ところが、神奈川県側の岸辺で、早朝から釣りをしていた人がいましてね。その証言によると、彼女以外に、問題の中州に渡った人はいないというのです。となると、犯人は、東京側からとなりますが、今もいったように、深くて、流れの速い一五、六メートル幅の川がある。泳ぎの達人でも、あの急流では、下流へ流されてしまう。だから、こちら側から、ボールをぶつけて殺したとしか考えられないのですよ。調べたところ、彼女の家は、神奈川県側の、川に近いマンションですから、犯人が、電話で、あの中州に呼び出したんでしょうね。そうしておいて、いきなり、ボールを投げつけたんですよ」

「どうも信じられませんね」

「しかし、彼女が、そうやって殺されたことは確かですよ」

「上手《うま》く頭に当たればいいが、腕や足に当たったらどうなるんです？　平間は馬鹿《ばか》じゃないから、そんな危険なことはやらないはずですよ」

「その時は、昔の女を相手にふざけたと誤魔化すつもりだったのかも知れない。或《あ》るいは、ボールを何箇《こ》も持っていたのかも」

「上手く命中しても、凶器のボールがその場に残ったら、すぐ足がついてしまうじゃありませんか。今度みたいに、そんな間の抜けたことを、平間がやるとは思えませんがね」

「犯人は、多分、頭に命中すれば、大きくはね返って、川に落ちて、ボールは流れてしまうと考えたんでしょうね。彼女は、流れの傍で死んでいましたから、その可能性が強いのです。もし、犯人の計画どおり、ボールが流れ去っていたら、われわれは、犯人も中州にいて、何か鈍器のようなもので、殴り殺したと考えたに違いありません。ところで、平間投手は、六月十二日の巨人戦で、シピン選手にボールをぶつけていますね？」

「ええ。シュートをかけ過ぎて、シピンの頭にぶつけてしまったんです。ハーフスピードのボールだったし、ヘルメットの部分に当たったので、向うにも、異常はありませんでしたが」

「その時のビデオを見せて貰って来ましたがね。ヘルメットに当たったボールは、まるで、ピッチャーゴロのように、マウンドにいる平間投手の方に転がって来ていますね。平間投手には、その記憶が鮮明に残っていたんじゃないかな。ボールは、人間の頭部に当たれば、はね返って戻ってくる。だから、岸辺に立っている畠中さんの頭部に命中させれば、はね返って、水に落ちると計算したんでしょう。しかし、彼女はヘルメットをかぶっていなかったので、はね返らずに足下に落ちてしまった。つまり、彼は、計算違いをしたわけです」

「しかし、刑事さん」と、三田村は、必死にいった。

「平間が犯人だとしてもです。わずか一五、六メートルしか離れていない所で、彼が、ボールを投げようとすれば、当然彼女は、すぐ気がつくはずですよ。野球選手が、デッドボールを受けるのは、打とうとして身体をホームプレートに乗り出しているところへ、ボールが来るからなんです。彼女が、反射的にしゃがむなり、逃げるなりすれば、ボールが頭部に命中するはずがなかったと思いますがね。なぜ、彼女は、よけようとしなかったんですか?」

「出来なかったんだと思いますね」

刑事は、落着いた声でいった。

「なぜです?」

「彼女が死んだのは、今朝の五時から六時の間と見られています。陽《ひ》が昇りかけた頃です。問題の中州ですが、東京側から陽が昇る恰好《かっこう》になるのですよ。つまり、彼女が、中州の岸辺に立ち、川をへだてて犯人と向かい合っていた時、犯人の背後から陽が昇っているわけで、彼女は、大変、眩《まぶ》しかったと思うのです。雲一つない晴天でしたし、彼女は、サングラスをかけていませんでしたからね。犯人が、ボールを投げても、反射的に身体をかわすことは出来なかったに違いないのです。プロの選手でも、ボールが太陽の中に入ってしまうと、一瞬、見失ってしまうと聞きましたが、違いますか?」

6

刑事たちは、犯人は平間と確信しているようだったし、証拠のボールや、状況証拠を示されると、三田村は、反論のしようがなくなってしまった。

（女を殺してしまったので、平間の奴、肘が痛いなどと嘘《うそ》をついて、逃げたのだろうか？）

三田村は、絶望的な気持になった。

平間が欠けた投手陣で、頼れるのは、新人の野口一人しかいない。その野口にしても、後半戦五勝がいいところだろう。

最下位から浮びあがれないのはもちろん、下手をすれば、勝率のワースト記録も、塗りかえる破目になるかも知れない。時速一五三キロの平間がいないとなれば、観客が減るのも眼に見えていた。野口のような技巧派投手は、玄人受けはしても、客は呼べないからである。

（これで、おれの馘は確定したな）

と、三田村は、思った。

平間にも腹が立つし、死んだ畠中みどりにも腹が立った。

野球オンチなくせに、野球選手が好きな妙な女だった。あんな女と、平間が心中するなんて、どう考えても、割りが合わないではないか。

警察も、球団も、平間を探したが、この日は、夜に入っても、見つからなかった。

新聞、テレビには、平間の名前はそのまま出ず、「警察は、某球団のH選手を、重要参考人と見て、行方《ゆくえ》を探している」と、イニシャルにした。

しかし、被害者が畠中みどりで、H選手とくれば、事情通なら、すぐ、平間とわかってしまう。

翌日、午後六時半から始まる後楽園での巨人戦でも、開始前、向うの長嶋監督が、

「いったい、どうなってるの？」と、きいてきた。

三田村は、「おれにもわからないんだ」と答えた。他にいいようがなかったからである。

その夜の巨人戦は、前半、野口が好投して、二対一でリードしていたが、後半逆転されて、二対四で敗《ま》けてしまった。もし、平間がいたら、勝てたかも知れない試合だ

った。少なくとも、引き分けには持っていけたに違いない。平間がいないということは、抑えの切り札がないということで、今後は、前半リードしていても、今日のように引っくり返される試合が多くなりそうである。

三田村が、そんなことを考えながら、深夜になって、渋谷に借りたマンションに帰ってみると、部屋に明りがついていた。

妻と別れてから、ひとりで住んでいる部屋である。電灯を消し忘れて、朝、出たのかと思ったが、ドアも開いていて、首をかしげながら、中に入ってみると、驚いたことに、そこに、平間が、中年の男と神妙な顔で座っていた。

「どうなってるんだ？　平間」

と、三田村が、思わず大声を出すと、平間は、泣き笑いみたいな顔で、ぺこりと頭を下げた。

「すいません。監督」

「今まで、何処にいたんだ？」

「昨日から、私の所にいたんですよ。三田村さん」

と、中年の男が、口を挟んだ。

男の名前は、今西といい、平間が四年前、プロ入りするについて相談役を買って出た代議士だった。

そういわれて、三田村は、今西の顔に見覚えがあるのを思い出した。保守党の若手の代議士だった。確か、国会で、現在のドラフト制度について、問題にした委員の一人でもあったはずである。

「昨日の午後一時頃でしたかね。突然、私の事務所に平間君が見えましてね。困った事件に巻き込まれたので相談にのって欲しいという」

「殺人事件にですか?」

「いや。彼が私にいったのは、畠中みどりというクラブのホステスに脅かされているということでしたよ。その女は、彼の子供を宿したので、三千万円よこせと要求している。すぐ払えないのなら、二度とゲームに出られないようにしてやるというので、どうしたらいいか、私のところに相談に来たのですよ」

「じゃあ、肘が痛くなったとコーチにいったのは、やっぱり嘘だったんだな?」

三田村が、平間を見ると、彼は、また、大きな身体を丸めて、「すいません。監督」

といった。

「ところが——」

と、今西が、そのあとを引き取って、

「問題の女性が殺されていて、しかも、平間君が犯人みたいに新聞に書かれているのを知って、これは、黙って隠れていてはいけないと思いましてね。それで、平間君を連れて来たんです」

「君は、畠中みどりを殺してないのか？」

三田村は、確認するように、平間にきいた。

「なぜ、僕が、彼女を殺さなきゃならないんです？　殺してやしませんよ」

「しかし、警察は、君が殺したと思ってるよ。昨日の午前五時から六時までの間、どこにいたか覚えているかね？」

「ミニ・キャンプは九時だから、マンションで、まだ寝てましたよ。いや、その間に、畠中みどりのヒモの感じの男の声で三千万円よこせと脅迫されていたから、眠れなかったんだ。ベッドの中で、うつらうつらしてましたよ」

「つまり、ちゃんとしたアリバイはないということになる」

「僕は何もしてませんよ。信じて下さいよ。監督」

「おれだって信じたいさ。君がいなくなったら、うちの投手陣は、総崩れになるんだからな」

「そういえば、今夜の巨人戦は惜しかったですねえ」

「そんなことより、自分のことを心配しろ。畠中みどりは、殺された時、妊娠四カ月だった。あれは、君の子なのか？」

「四カ月ということは、三カ月前ってことでしょう？　その頃、僕は、まだ、彼女と完全に切れずにいましたからねえ。僕の子かも知れないし、違うかも知れない。彼女は、僕以外の男とも、適当につき合ってましたからねえ。うちの野口だって、入団直後に、一緒にあの店に行ったら、彼女が色眼を使ってましたよ」

「だが、野口の球は、最高で一三八キロなんだ」

7

平間は、その日のうちに、今西代議士がつき添って、警察に出頭した。

翌朝早く、三田村は、車を飛ばして、多摩川の事件現場に行ってみた。

問題の中州の近くまで来てみると、そこに、一昨日の刑事の一人が、じっと立っているのを見つけた。確か、亀井という名前の刑事だった。

「やっぱり、監督さんも見にいらっしゃいましたか」

と、亀井は、三田村を見て微笑した。三田村は、ほとんど眠っていないので、赤く充血した眼を、眩しげに細くして、

「私には、平間が、あんな馬鹿なことをしたとは思えませんのでね。平間も、畠中みどりを殺してないといっていましたよ」

「彼の事情聴取は、私がやりました。確かに、否認していますが、彼には、悪い証拠が揃《そろ》い過ぎていますよ。向う岸に、被害者は倒れていたんですが」

と、亀井は、東京側の岸辺に立って、中州を指さした。
一五、六メートル幅の深い、急な流れが、こちらの岸辺と、中州とをへだてている。
若い婦人警官が、中州に現われた。亀井は、彼女に向かって、

「その旗の立っている所に立ってみてくれ」

と、こちら側から怒鳴った。

婦人警官が、目印のある岸辺に立った。

「あのお嬢さんは、身長一六二センチ、体重四九キロ。殺された畠中みどりと、ほぼ同じ体格です」と、亀井は、いった。

「いかがです？　小さな的じゃないでしょう」

婦人警官は、陽が当たって眩しいらしく、眼を細め、手で庇《ひさし》を作って、こちらを見ている。

亀井が、言葉を続けて、

「この場所の川幅を正確に測ったんですが、一五・八メートルありました。それに、犯人も被害者も、岸すれすれに立っていたわけじゃないでしょうから、それぞれ一メートルずつ離れていたとすると、合計で、一七・八メートルです。プロ野球で、ピッチャープレートから、ホームまで、一八・五メートルでしたね。ほぼ、同じ距離です。この距離で、ボールを投げ、しかも、一五〇キロ近いスピードで、命中させられるのは、ブルーエンジェルスでは、平間投手しかいないんじゃありませんか？」

確かに、その通りだった。ブルーエンジェルスで、二番目に早いボールを投げるのは、二十八歳の日野だが、彼の球でも、最高は、一四三キロだった。

「平間は、起訴されるんですか？」

「今のままだと、起訴されるでしょうね。凶器のボールには、平間の指紋がついていた。確固としたアリバイもない。しかも、ここで、ボールを投げ、一五〇キロのスピードで被害者にぶつけられるのは、ブルーエンジェルスで、平間投手だけですからね」

「ボールについていた指紋ですが、誰《だれ》かが、平間の指紋のついたボールを手に入れて、それを、被害者にぶつけたということも考えられるんじゃありませんか？　平間は、最近、指先を訓練するんだといって、いつもボールを持ち歩いていましたから、彼の指紋のついたボールを、別の人間が手に入れるのは、比較的楽だったと思うんですが」

「それは、私も考えてみましたよ」と、亀井は、いった。

「平間投手の他に犯人がいるとしましょう。彼は、平間投手の指紋のついたボールを手に入れる。しかし、ここで、畠中みどりに向かって投げる時、素手では投げられないのですよ。そんなことをしたら、自分の指紋がついてしまいますからね。となると、手袋をはめるか、或いは、自分の指にばんそうこうを貼《は》って指紋を消すかですが、ピッチャーというのは、神経質なものでしょう？　指にばんそうこうを巻いたり、手袋をしたりして、それで、約一八メートルの距離を投げ、時速一五〇キロで、女の頭に命中させられるものでしょうか？」

「いや。無理ですね」

と、三田村はいった。彼も、プロに入った当初はピッチャーだったから、よくわかるのだ。亀井のいうように、ピッチャーというのは人一倍神経質で、爪《つめ》の切り具合でも、コントロールが狂うことがある。まして、指先にばんそうこうを貼ったり、手袋をしたりして、コントロールのいいボールを投げられるものではない。

「警察は、もう、平間が犯人と決めているんでしょう？　それなのに、なぜ、こうやって、調べているんです？」

三田村がきくと、亀井は、細い眼をぱちぱちさせて、

「私の小学生の息子が、平間投手のファンでしてね。それで私も、彼が無実であってくれたらと思ったものですからね」

8

平間が有罪と決まれば、三田村は、監督責任を問われて、シーズン・オフを待たずに馘だろうという噂が、まことしやかに、球団内部に流れはじめた。その発生源は、どうやら、彼の後釜《あとがま》を狙っているヘッド・コーチの小野のようだった。

三田村は、その日の夕方、後楽園での巨人戦の前に、小野をつかまえて、

「今夜のゲームは、君が、代って指揮を取ってくれ。そろそろ、君も、監督の練習しておきたいだろうからな」

と、いってやった。

小野の狼狽《ろうばい》する顔を見てから、三田村は、後楽園をあとにした。自分で、今度の事件を、調べ直してみたくなったのだ。

平間が、シロだという確信があったわけではなかった。また、平間と心中しようという気持でもない。ただ、何となく、このままでは、やり切れなかったからである。

今年一年で馘になることは、覚悟している。ただ、自分でも、納得してやめたかった。男の見栄《みえ》というやつかも知れない。

三田村は、畠中みどりの働いていたクラブ「蘭」へ、足を運んだ。

名監督といわれた工藤良介は、ブルーエンジェルスの監督を最後に他界したが、未亡人の京子がはじめたのが、この店である。そのせいで、今でも、ブルーエンジェルスの選手や、関係者がよく行く。

三田村が店に入って行くと、ママの京子が、びっくりした顔で、彼を迎えた。

「巨人戦が始まってるのに、監督さんが、こんな所に来ていていいの？」

「おれは病気でね。今日のゲームは、ヘッド・コーチの小野に指揮を頼んで来たんだ」

と、三田村は、首をすくめながらいった。

「病気みたいには見えないけど？」

「心の病気でね。今日は、ママに助けて貰いたくて来たんだ」

「私に、三田村さんが助けられるかしら？」

「多分ね。水割りを貰おうかな。もし、上手《うま》くいかなかったら、ぐでんぐでんに酔っ払って、本当の病気になるより仕方がないんでね」

「胃が悪いんですって？」

京子は、水割りのグラスを、三田村の前に置きながら、心配そうにいった。

「監督をやると、胃が痛くなる毎日でね」

「工藤も、いつも胃が痛むといっていたわ。そういえば、三田村さんも大変ね。平間さんのことがあったりして」

「そのことで、ママの助けを借りたいんだ」

「でも、警察に行って、嘘をついてくれというのは駄目よ。平間さんと、うちの畠中みどりさんの間に関係があったことは事実なんだから」

「わかってる。おれだって、本当のことが知りたいんだ」

三田村は、水割りを半分ほど飲んでから、煙草《たばこ》を取り出して火をつけた。

「おれは、選手のプライバシイには干渉しない主義だったから、よくわからないんだが、彼女には、平間の他に、何人か男がいたんじゃないかな？　美人で、男好きがするし、なかなか発展家だという噂だったから」

「そうね。でも、相手は、野球選手ばかりだったわね。おかしな娘《こ》でね。三田村さんも知ってるように、みどりちゃんは、野球のことは全く知らないのに、野球選手が好きだったのよ。そのわけを聞いたらね、野球選手は、若くて、背が高くて、お金持ちで、それに、逞《たくま》しいからですって。だから、野球選手でも小さい人は、嫌いだったみたいね」

「すると、ピッチャーが多かったのかな。ピッチャーは、だいたい背が高くて、すらりとしているからね」

「そういえば、平間さんは、ピッチャーだったわね」

「新人投手の野口も、彼女と親しかったと聞いたんだが？」

「M大から今年入った人でしょう。なかなかハンサムだから、みどりちゃんは、素敵だっていってたのは覚えてるけど」

「彼女が、妊娠四カ月だというのは、ママは知ってた？」

「うすうすはね。ただ、あの娘《こ》は、妊娠していてもあまり目立たない方だから、ここへ来るお客は、わからなかったみたいね」

「問題は、お腹の子が、誰の子かということなんだ。警察は、それが、平間の子で、別の女性と婚約した平間が、処置に困って、畠中みどりを殺したと考えているんだ」

「平間さん本人は、子供の親であることを、否定しているのかしら？」

「おれには、わからないといってたよ。自分かも知れないし、他の男かも知れないというんだ」

「ちょっと無責任ないい方ね」

「ああ。わかってる。ただ、おれはね、その答を聞いた時、平間は、無実じゃないかと思ったんだ。とんでもないと否定すればいいのに、ひょっとすると、自分の子かも知れないなどと、いうからね」

「正直だなと思ったわけね？」

「まあ、そうなんだ。もし、平間が無実で、真犯人が他にいるとしたら、その男は、彼女のお腹の子の父親の可能性がある。少なくとも、そう思われても仕方がないほど親しかった男だと思うんだよ」

「それなら、野口さんは、除外した方がいいわ。彼はね、監督さんはどう思ってるかわからないけど、とても計算高いところがあるわよ。二、三度、話したことがあるけど、結婚するなら資産家の娘にするといってたしね。だから、遊びの相手を妊娠させてしまうような馬鹿な真似《まね》はしないと思うのよ」

「なるほどね。あいつは、そうかも知れないな。他に誰か心当りはないかな。妊娠四カ月といえば、三カ月前の関係ということになる。丁度、平間が、ホテルの社長令嬢と婚約した頃なんだ。畠中みどりも、自棄《やけ》気味になっていたろうから、その頃近づいた男と、関係が出来ても不思議はないと思うんだ。三カ月前頃から急に彼女と親しくなった男について、心当りはないかな？」

「三カ月前頃からねえ」

京子は、しばらく考えていたが、急に声を小さくして、

「私がいったということは、内緒にして下さる？」

「もちろん。秘密は守りますよ」

三田村は、宣誓の真似をした。

「その頃から、急にみどりちゃんと親しくなった人というと、井崎さんだと思うんだけど。三年前にホームラン王になった——」

9

「井崎？」

と、おうむ返しにいってから、三田村は、首をかしげた。彼は、ピッチャーの名前ばかりを考えていたからである。

三田村は、三十五歳で、太目の身体を持て余している、元ホームラン王の顔を思い浮べた。

「彼は、結婚していて、確か三歳の子供がいるんだが」

「それは私も知ってるけど、みどりちゃんと井崎さんが、彼の車でホテルへ入るのを見たって人がいるのよ」

「なるほどね」

妻帯者の井崎の方が、関係した女に子供が出来たとなれば、大変だろう。殺す気になっても、不思議はない。

（だが――）

と、三田村は、考え込んでしまった。

犯人は、一五〇キロのスピード・ボールを投げられる人間でなければならないのだ。

ところが、井崎の弱肩は有名だった。

井崎は、外野と一塁を守らせているのだが、外野に廻《まわ》ると、シングル・ヒットを、必ず二塁打にしてしまうし、彼のところへフライがあがると、少々、浅くても、三塁走者に生還を許してしまう。スピード・ガンで測ったことはないが、井崎の投げるボールは、せいぜい七、八〇キロのスピードではあるまいか。

(ボールを、バットで打って、畠中みどりを殺したのだろうか)

痩せても枯れても、井崎は、ホームランバッターだ。体重の増加で、打たれたボールのスピードが増しているだろう。

打たれた猛スピードのボールが命中し、マウンドに昏倒《こんとう》したピッチャーもいる。二〇メートル足らずの距離なら、強打されたボールは、一五〇キロ、いや、もっと速いスピードで飛ぶのではあるまいか。

犯人は、そうやって、畠中みどりにボールを命中させて殺したのだろうか？

(だが、そんなことが、可能だろうか？)

と、三田村は、考え込んでしまった。

的は小さいのだ。自分でトスして、自分で打って、それを、一八メートル離れたところに立っている畠中みどりの頭部に命中させられるだろうか？　しかも、何発も打ってではなく、一発で命中させるようなことが。

三田村も、外野手で、バッターとしては一流だったからよくわかるのだが、そんなに上手《うま》くは打てないものなのだ。一定の方向に打つことは出来る。しかし、頭部に命中させるには、かなりの運の良さが必要だ。

犯人が、そんな運に頼ったとは思われない。

（違うな）

と、三田村は、思った。

10

収穫なしに、三田村は、自宅に戻った。今夜の巨人戦は、めった打ちにあって一〇対三のボロ負けだった。

勝手に指揮をヘッド・コーチに委《まか》せたことで、オーナーは、かんかんだろうと思ったが、弁明する気にもなれずにいると、十時過ぎに、電話が鳴った。

球団事務所の橋口からだった。

「監督、ずいぶん、探しましたよ」

と、橋口は、のっけから文句をいった。

「明日にでも、オーナーにあいさつに行くよ。それでいいだろう？」

「オーナーって、何のことです？」

「オーナーが、怒っているというんじゃないのかい？」

「いや。例の機械《マシン》の返事を聞きたくて電話してたんですよ」

「機械《マシン》？」

「いやだなあ、監督。新型のピッチング・マシンですよ。うちが打てないのは、バッティングの練習が足りないせいだというんで、ミニ・キャンプの時、新型のピッチング・マシンを多摩川に一台持って行ったでしょう。あれが調子よければ、あと二台購入しておきますよ」

「そうだ。ピッチング・マシンだ」

三田村は、思わず、大声を出した。

ブルーエンジェルスは、井崎を始めとして、ベテランバッターが多いので、スピード・ボールに弱い。自分のところに、一五三キロの平間がいるのに、巨人の新浦《にうら》、中日の小松、大洋の遠藤といったスピードのある投手にひねられ続けている。

そこで、今まで以上にスピード・ボールの出る、コントロールのいいピッチング・マシンをアメリカから輸入し、その一台を、ミニ・キャンプで、使ってみたのだった。

スピード・ガン時代というので、新しいピッチング・マシンには、スピード目盛りがついていて、一三〇キロのカーブでも、一五〇キロの直球でも、自由に射出できる。

「あのマシンは、いつ、多摩川に持って来たんだったかね？」

と、三田村がきいた。

「ミニ・キャンプの第一日目ですよ。私が、車で運んで行ったんです」

「操作は、誰にでも出来るのかな？」

「私でも出来ましたから、たいていの人には出来たんじゃないですか。そうだ、井崎さんが、熱心に、私に動かし方を聞いてましたよ。彼も、打撃不振で悩んでるからでしょうね」

「電源は？　そのマシンは、車のバッテリーでも動くのかね？」

「動きますよ。直流でも交流でも使えるようになっていますから。それがどうかしたんですか？」

「それで助かったよ」

と、三田村はいった。

やはり、井崎が犯人だったのだと思った。

妻子ある井崎は、畠中みどりに、自分の子供が出来たと聞かされて困惑した。大金をゆすられたのかも知れない。

彼女を殺すことにしたが、ただ殺したのでは、自分に疑いがかかってくる。

そこで、今売り出しの平間を犯人に仕立てあげることを考えた。

平間は、前に畠中みどりと関係があったからだ。

まず、平間の指紋のついたボールを手に入れた。これは簡単だったろう。次に、畠中みどりに向かって、朝の五時ないし、六時に、多摩川のあの中州に来てくれと伝える。金を払うといったのか、妻と別れて、君と結婚するといったのか、とにかく、彼女が喜んで中州に来るように持ちかけたのだ。

一方、井崎は、早朝、多摩川の練習場から、車で、新しいピッチング・マシンを持ち出し、中州に向かい合った岸辺に備え付けて、彼女が現われるのを待った。

何しろ、野球オンチの女だ。マシンを見ても、別に怪しまず、何をするものかときく。井崎は、「面白い機械だから見ていてごらん」とでもいう。彼女がじっと見ていると、突然、一五〇キロのスピードで、ボールが飛んで来た。陽が眩しいし、とっさのことで、避けようがなかったろう。

猛スピードのボールは、彼女の頭に命中し、昏倒した。

井崎は、彼女が動かないのを見届けてから、マシンを車に積み込んだ。マシンで射出したのだから、ボールには、平間の指紋しかついていなかったのだし、ボールが、死体の傍に転がっている方がいいことになる。

また、井崎は、平間により疑いがかかるように、子供にからめて金で脅かし、彼に姿を消させた。もちろん、その時の電話は、作り声でやったのだ。

「明日の午後、オーナーに会いに行くよ」と、三田村は、橋口にいった。

「その前に、警察に行って来なきゃならないんでね」

トンネルに消えた…

1

国鉄K駅から、遠見町《とおみ》へ行くバスは、遠見峠で、長さ二一〇メートルのトンネルを抜ける。

一年前に、やっと完成したトンネルで、それまでは、山沿いの危険な道を、五キロ近くも遠廻《とおまわ》りしなければならなかった。二年前に、バスが二五メートル下の谷に転落し、十九名の人命が失われた。そのことが、このトンネル工事に拍車をかけることになったともいわれている。

突貫工事の上、岩盤が脆弱《ぜいじゃく》だったために、完成までに二回の落盤事故があり、五名の作業員が死んだ。

このためだろうか。トンネル附近に、幽霊が出るという噂《うわさ》が流れた。夜間、車を運転して、この遠見トンネルを通過した二、三人の運転手が、ライトの光の中に、白く浮かびあがる人間を見たというのである。

だが、この真偽はわかっていない。ただ、遠見町では、妙な噂が流れるのを心配して、トンネルの近くで、犠牲になった五名の慰霊祭を、改めて行なった。

それが効果があったのか、幽霊の噂は、消えてなくなったのだが、秋の行楽シーズンが終わり、ようやく、この地方に、初冬の気配が忍び寄ってきた十月二十九日に、遠見トンネルで、一人の若い女が消えてしまうという事件が起きた。

この日は、日曜日だった。

前日の土曜日、東京で、ＯＬ生活を送っていた松下美代子《みよこ》が、久しぶりに、遠見町の両親の家に帰って来た。

美代子は、二十二歳。高校時代から美人の評判があり、男の生徒からいくつもラブ・レターが舞い込んでいた娘だったが、四年間の東京生活で、両親が驚くほど、美しく、洗練された女に成長していた。

翌二十九日、昼食を食べてから、美代子は、栗《くり》を土産《みやげ》に貰《もら》い、家を出た。

遠見町とK駅の間には、バスが、一日六往復出ている。午前、午後、各三往復である。

美代子は、天気がいいので、途中まで歩いて行き、そこからバスに乗るつもりだと、両親にいった。

中学一年の甥《おい》が、トンネル近くまで見送った。

彼は、美代子が、トンネルに入って行くのを、遠くから見てから、引き返した。

遠見トンネルは、中央に車道、両側に歩道がついている。

トンネルを抜けて、約三〇〇メートル歩いたところに、県営の養魚場があり、そこにバスが停《と》まる。

美代子は、そこで、バスに乗るつもりだと、両親にいった。

家を出たのが、午後二時十五分頃《ごろ》で、トンネルに入ったのは、午後二時五十分頃と思われる。

三時半に、養魚場に着くバスには、ゆっくり間に合う筈《はず》であった。

ところが、松下美代子は、トンネルに入ったまま、消えてしまったのである。

夜の十二時までには、東京のアパートに着いている筈の美代子から、着いたという電話が入らず、心配した両親が、東京に電話したのは、午前一時を過ぎてからだった。

明日の月曜日には、会社に出なければならないから、何処《どこ》にも寄らず、まっすぐに帰るといっていたのである。遅くとも、午前一時には帰っていなくてはならなかった。

それなのに、美代子は、いっこうに電話に出ない。

心配になった両親は、八方、手を尽くして、娘の行方《ゆくえ》を探した。

最初は、列車が遅れたのではないかと考えたのだが、二十九日には、列車の遅れは、一本もなかったことが判明した。

さらに不思議だったのは、バスの運転手、木原俊一《しゅんいち》の証言だった。

木原は、遠見町の人間で、美代子とは顔見知りだった。その木原が、養魚場前の停留所では、美代子は乗らなかったし、その近くでも見かけなかったといったのである。

木原が運転するバスは、時間どおり、三時半に、養魚場前に着いた。美代子は、当然、そこでバスを待っていなければならないのに、その停留所にいたのは、養魚場の職員一人だけだった。

二十九歳の養魚場の男子職員は、約十分前から停留所でバスを待っていたが、美代子と思われる娘を見なかったという。

考えられるのは、美代子が、意外に早くトンネルを抜けて養魚場前へ来てしまい、天気もいいので、次の停留所まで歩いたのではないかということだった。

だが、美代子を、K駅までの間に見たという人間は見つからなかった。国鉄K駅は、一日の乗降客が二千人あまりの小さな駅である。その上乗客のほとんどが駅前にある高校の生徒だったから、美代子のような不定期の客は、改札口にいる駅員が憶《おぼ》えている筈《はず》であった。現に、駅員の一人は、土曜日二十八日に、彼女が降りたのを憶えていた。それなのに、彼は、二十九日に乗るのは見なかったといった。

松下美代子は、遠見トンネルの中で、消えてしまったのだろうか？

新聞は、「トンネルの中で、若い女性が消えた」と、書いた。

もちろん、警察は、そんな言葉を信じはしなかった。警察の見解は、こうだった。トンネルの中で、美代子は、足をくじくか、あるいは、急に疲れてしまって、丁度《ちょうど》通りかかった車に乗せて貰《もら》ったのではないかというのである。

秋の行楽シーズンは、やや過ぎたとはいえ、この道路を通る車は、かなりある。美代子がトンネル内を歩いているときも、何台かの乗用車、トラックなどが通った筈である。それらの車の一つに乗せて貰ったということは考えられないことではなかった。

しかし、二十二歳の松下美代子が、消えてしまったことに変わりはなかった。

2

テレビ「中央」の若いプロデューサー星野が、この事件に興味を持ったのは、もっぱら、若い女が、トンネルの中で消えたという一点だった。

星野は、日曜日の午後七時から八時までの一時間に、『日本びっくり・ビックリ話』と題した番組を持っていた。

題名のとおり、センセーショナリズムが売り物の番組である。

すでに一年間続いているのだが、最近は、どうしても、タネ切れになっていた。そのときに、トンネル内で、若い女が消えたというニュースを知ったのである。

しかも、美人だという。星野は、一も二もなく、この話に飛びついた。

すぐ、実験のためのチームが組まれた。

消えた松下美代子と同じ年の美人タレント、浅井由美子《ゆみこ》が、起用された。

事件が起きたときと同じ条件の下で、浅井由美子にトンネル内を歩かせ、果たして、彼女が消えるかどうか試そうというのである。

「トンネルで人間が消えるなんて思えませんね」

と、笑いながらいったのは、サブ・プロデューサーの戸田だった。

戸田は、星野より一歳上なのだが、テレビ局に入ったのが、逆に、二年遅かったために、星野の下で働くことになっていた。自然に、星野に対して、敬語を使うことになっている。

「じゃあ、戸田ちゃんは、消えたんじゃなくて、松下美代子という女の子は、トンネルの中で、車に乗ったと思っているのかい？」

　星野は、鼻をこすった。

「他に考えられませんよ」

「じゃあ、何故《なぜ》、彼女は、消えてしまったんだい？」

「理由はいろいろと考えられますよ。若い男が、トンネル内で、彼女を自分の車に乗せたとします。駅まで送ってやるといってです。ところが、彼女の美しさに妙な気を起こした。途中で横道に入って、乱暴しようとしたが抵抗されて、殺してしまった。そんなことだって考えられるじゃありませんか？」

「死体は、何処《どこ》かに埋められているということかい？」

「そうです」

「なるほどねえ」

「だから、実験しても、女の子が消えたりはしませんよ」

「それなら、それでいいじゃないか」

「え？」

「いいかい。週刊誌の記事によると、あの遠見トンネルは、松下美代子が消えて以来、怖がって、歩いて抜ける人がいなくなったそうだ。前には、幽霊騒ぎが起きているし、地元では、気味が悪いと思ったとしても不思議はない。われわれが、今度実験して、何にもなければ、あのトンネルで、人は消えないということを、大きく報道すればいいじゃないか。地元の人たちは、ほっとするし、われわれの番組が、きわめて科学的なものだという宣伝にもなる」

星野は、平気な顔でいった。このくらいの厚かましさがなければ、チーフ・プロデューサーは勤まらないだろう。どちらかといえば、人のいい戸田にはそんな星野の毒気に、ときどき、ついていけないものを感じることがあった。

「あんまり、良心的に考えなさんな」

と、星野が、笑って、戸田の肩を叩《たた》いた。

「別に、そんなことは考えていませんが」

「それならいい。とにかく、面白《おもしろ》ければいいんだ」

星野が、自信満々にいった。もちろん、面白さの内容が問題なのだが、星野にとって、それは、視聴率が高いことを意味している。

3

チームが編成された。

指名されたタレントの浅井由美子は、遠見トンネルの話を聞かされて、複雑な顔つきをした。

「ちょっと、薄気味が悪いなあ」

と、由美子は、話を持ち出した戸田にいった。

「でも、トンネルの中で人間が消えるなんてことは、考えられないよ」

「これ、星野さんのアイディアでしょ？」

「ああ」

「あの人、悪趣味なんだから」

由美子は、クスクス笑った。肌がすきとおるように美しい女だ。美人タレントの中で、恋多き女と呼ばれているだけに、いろいろな男と噂《うわさ》が立っていた。

「でも、彼は、プロデューサーとして必要なものを持っている」

「どんなもの？」

「熱っぽさかな」

「それに、厚かましさでしょ？」

「君もいうんだな」

戸田が笑うと、由美子は、首をかしげて、

「戸田さんは、星野さんの先輩なんですってね？」

「学校のだよ。テレビの世界では、彼の方が先輩だ」

「二人は、仲が悪いと思ってたんだけど」

「へえ」

「そんな噂を聞いたことがあるわ」

「そんなことはないよ。僕は、彼のテレビに対する情熱を尊敬しているよ」

「ふーん」

由美子は、信じられないという顔になった。

戸田は、そんな話は、早く切りあげたくなって、

「とにかく、彼は、君をご指名なんだ。引き受けてくれるね？」

「どうしたらいい？」

と、由美子は、マネージャーの吉村を見た。

吉村は、T大を出た男で、切れると評判だった。由美子の恋人として名前があがった何人もの男の中の一人でもある。

吉村は、眼鏡に、軽く指を触れてから、

「あの番組の平均視聴率は、二五パーセントだよ」

「つまり、出た方がトクだということね？」

「君は、ドラマで売っているが、あの番組を見るファンは、ドラマのファンと少し違うと思う。だから、ファン層を拡《ひろ》げるためには、出た方がいいと思うね」

「じゃあ、出るわ」

由美子は、素直にうなずいた。

戸田が、おやッという気がしたのは、由美子が、気まぐれで、わがままという評判のタレントだったからである。それが、また、彼女の魅力にもなっているのだが、マネージャーの吉村の言葉に、それほど素直に従うというのは、まだ、彼に惚《ほ》れているということなのだろうか。

戸田は、そんなことを考えながら、

「これで、ほっとしたな。星野さんが、君じゃないと困るというんでね。君にすごくご執心なんだ」

「具体的にどんなことをするの？」

「十月二十九日に、地元の松下美代子という二十二歳の女性が、トンネルの中で消えてしまった。それと同じ状態で、実験をしたいんだ」

「その松下美代子という人は、本当に、トンネルの中で消えてしまったの？」

「僕は、違うと思っているよ。今の世の中に、そんな馬鹿《ばか》なことはあり得ないからね」

「でも、その人、まだ見つからないんでしょう？」

「まあね」

「やっぱり、薄気味が悪いな」

「大丈夫だよ。われわれも見守っているし、君のマネージャーにも、来て貰《もら》うから」

戸田は、遠見トンネルの地図を描いたメモを、由美子の前に置いた。

「トンネルの長さが、約二〇〇メートル、その両側に、ビデオ・カメラを置く。君が遠見町の方からトンネルに入って、通り抜けるわけだ。時間にして、せいぜい三、四分だと思う。それで終わりさ。君は、ただトンネルの中を歩けばいいんだよ。三、四分だけをね」

「誰《だれ》が一緒に、トンネルの中を歩いてくれるの？」

「君一人だ」

「本当？」

「今いったように、十月二十九日の事件の日と、全く同じ状態を作りたいからだよ。それじゃなければ意味がないんだ。君が誰かと一緒にトンネルの中を歩いたら、そのために何も起きなかったといわれるに決まっているからさ」

「たった一人じゃあ、不安だな」

「大丈夫さ。実際の時間は、真っ昼間だし、トンネルの中も明るい。それに、車も走っているからね」

「戸田さんは、そのトンネルを見て来たの？」

「昨日《きのう》、下見に行って来た」

「一人で、トンネルの中を歩いてみた？」

「ああ。二、三回、往復してみたけど、消えるどころか、ごらんのとおり、ぴんぴんしているよ」

「じゃあ、もう、あたしを連れて行って、実験する必要はないじゃないの」

「そうはいかないよ。僕みたいな中年男がモデルじゃ面白くない。それに、条件を全く同じにしてこそ、実験の意味があるんだ。つまり、同じ時刻に、同じように若くて美人でなければ、意味がないということ。だから、君に頼んだんだ」

「面白いけど、ちょっと怖いな」

「大丈夫。何も起きはしないよ。君はニコニコ笑いながらトンネルを出て来る。そして、勇気のある美人タレントということになる」

「そうだといいけど」

「トンネルを出たところで、君にコメントを求めるから、何か考えておいて欲しいんだ。気のきいた文句がいいんだがね」

「それは、吉村君に頼むわ。何しろ、彼は、大学時代、詩を書いてたんだから」

「ほう」

と、戸田が、マネージャーに眼《め》をやると、吉村は、照れ臭そうに頭をかいた。

「真似事《まねごと》ですよ。本当に文才があったら、今頃は、本物の詩人か作家になっていますよ」

と、吉村はいった。

4

十一月最初の日曜日、五日は、有難いことに、朝から、よく晴れてくれた。チーフ・プロデューサーの星野にいわせれば、事件の日の十月二十九日と同じように、よく晴れたということである。

撮影機材を載せたワゴンと、星野や由美子たちを乗せた二台の大型乗用車が、遠見トンネルに向かった。

K駅側から、トンネルを抜けたところで、三台の車がまず停《と》まった。

行楽シーズンは過ぎたが、それでも、車はかなり走っている。

だが、歩いてトンネルに入って行く人の姿は、全く見られなかった。

「あの事件以来、このトンネルを、一人で通り抜ける人が、ほとんどなくなったそうだ」

と、戸田がビデオ・カメラの支度をしている連中にいった。

「本当に、トンネルで消えてしまったらどうするんです？」

と、カメラマンの新井が、ファインダーをのぞきながら、チーフ・プロデューサーの星野にきいた。

ファインダーには、遠見トンネルが、ぱっくりと口を開けている。トンネルというものは、その気になって見ると、不気味なものだ。

「由美ちゃんが煙のごとく消え失《う》せたら、それこそ、大ニュースだよ。視聴率は、間違いなくあがるね。だから、本当に消えてくれるのは大歓迎だよ」

星野が、ニヤニヤ笑いながらいった。本気でそういっているようなところもある。

「いやだわ」

と、コンパクトで顔を直していた由美子が、肩をすくめて見せた。

「ひょっとすると、第四次元の世界へ入れるのかも知れないぞ」

「何のこと？」

「この世は三次元の世界だけど、どこかに裂け目があって、そこから、異次元の世界へ入ってしまうことがあると、よくいわれているんだ。だから、ひょっとすると、あのトンネルは、その異次元への入口なのかも知れんよ」

「あたしを脅かす気？」

「とんでもない。こうみえても、フェミニストで通っているんでね」

星野は、腕時計に眼をやって、

「もうじき、二時四十五分だ。二時五十分になったら、由美ちゃんは、トンネルに入る。問題の松下美代子が、トンネルに入ったのが、二時五十分頃と考えられるからだ。いいかい、由美ちゃん。君は美人だから、トンネルの中で、車に乗ってる男の子から声をかけられるかも知れないが、絶対に乗っちゃ駄目だよ。そんなことをしたら、実験にならんのだから」

「わかってるわ。その代わり、あたしが、トンネルの中で悲鳴をあげたら、すぐ駆けつけて来て頂戴《ちょうだい》ね」

「オーケイ。オーケイ」

星野は、大きな声でいってから、そこに、浅井由美子、彼女のマネージャーの吉村、それに、第一のビデオ・カメラを置いて、他の者と一緒に、ワゴンに乗り込んだ。

ワゴンで、トンネルを通り過ぎる。車なら、あっという間である。

トンネルを抜けたところで、ワゴンを停《と》め、第二のビデオ・カメラを備え付けた。

通り過ぎる車の運転手が、何事かというように、星野たちを眺めていく。あわてて、スピードをゆるめる者もいる。警察がスピード違反の監視をはじめたと勘違いしたらしい。

「二時五十分になったら、カメラを廻《まわ》してくれ。トンネルの出口を撮《と》り続けるんだ」

と、星野は、こちらのカメラマンの鈴木にいった。

戸田は、トンネルで人間が消えるなんてことを信じてはいなかった。現に、ここへ下見に来たとき、このトンネルを往復して、何もなかった。

だが、いよいよ、実験の段階になると、理由のない不安が、襲いかかってきた。ひょっとして、浅井由美子が消えてしまうのではないかという不安だった。

(おれは、彼女に惚《ほ》れているのかな?)

そんなことまで、戸田が考えたとき、腕時計を見ていた星野が、

「よし。時間だ。カメラを廻してくれ」

と、いった。

ビデオ・カメラが廻りはじめる。

戸田は、星野と一緒に、並んで、トンネルの出口を見つめた。

何事もなければ、あと、三、四分で、浅井由美子が、さっそうと出て来る筈《はず》だった。

一台、二台と、車が通過して行く。

五分過ぎた。

七分が経過。

そして、十分が過ぎた。

だが、浅井由美子は、トンネルから出て来なかった。

5

戸田と星野が、顔を見合わせた。

二人の顔が、いくらか、蒼《あお》ざめている。

「おかしいな」

と、星野がいった。そうしている間にも、時間は、容赦《ようしゃ》なく過ぎていく。

「いざとなって、浅井由美子が、びびっちゃったんじゃないのかな」と、戸田がいった。

「怖がって、トンネルに入るのを、いやがってるんじゃありませんか？」

「あの娘は、プロ根性がある方なんだがな。それでも、怖くなったかな」

トンネルがあるので、向こう側の人間と無線で連絡することが出来なかった。

二十分過ぎたとき、星野が、我慢出来なくなったという顔で、

「戸田ちゃん。行ってみよう」

と、戸田にいった。

二人は、トンネルに向かって駆け出した。

トンネルの中は、蛍光灯の光で明るい。二人の靴音が、ドーム型の天井に反響して、甲高《かんだか》くひびく。

二人は、両側を注意深く見守りながら、反対側に向かって急いだ。途中で、由美子が気分が悪くなって倒れていることも、考えられたからである。

しかし、トンネル内に、彼女の姿はなかった。

数分で、二人は、トンネルの反対側に出た。

ビデオ・カメラの周囲には、カメラマンの新井や、マネージャーの吉村が、のんき

に、煙草《たばこ》をくゆらしながら、雑談している。そこに、浅井由美子の姿はなかった。

「おい。彼女はどうしたんだ？」

と、星野が、怒鳴《どな》った。

吉村たちが、びっくりした顔で、こちらを見た。

「どうしたって、彼女は、時間どおり、二時五十分に、ちゃんとトンネルに入って行きましたよ」

と、吉村は、笑ってから、急に、眉《まゆ》をひそめて、

「まさか、トンネルから出て来なかったなんていうんじゃないでしょうね？」

と、星野を見つめた。

「出て来なかったよ。出て来なかったんだ」

「そんな馬鹿な！」

吉村が、大声で叫んだ。

「本当に、トンネルに入ったんだろうね？」

戸田が、念を押した。まだ、由美子が消えてしまったことが信じられなかったのだ。

「間違いなく、入りましたよ」と、カメラマンの新井が、突っかかる調子でいった。

「嘘《うそ》だと思うなら、ビデオを見て下さいよ。彼女がトンネルに入るところが、ちゃんと映っている筈《はず》ですよ」

「じゃあ、彼女は何処《どこ》へ行っちまったんだ？　え？」

「トンネルの中で、急に気分が悪くなって横になってるんじゃありませんか？」

「彼女は、トンネルの中にいなかったよ」

「もう一度、見てみようじゃありませんか」

戸田が、星野にいった。ここで、怒鳴《どな》り合っていても、どうしようもなかったからだ。

四人で、慎重に調べてみることにした。

トンネルの中も、車道の両側に歩道がついている。二人ずつ、二手に分かれて、両側の歩道を調べて行った。

どちらにも、浅井由美子の姿はなかった。

それでも、星野たちは、二度、三度と、トンネルの中を往復した。

やはり、見つからない。

身長一六〇センチ。体重五〇キロ。バスト八八センチのグラマーな一人の美人タレントが、消えてしまったのだ。

「どうしてくれるんです？　星野さん」

マネージャーの吉村が、眼をつりあげて、チーフ・プロデューサーの星野にくってかかった。

星野が、腕を組んで黙りこくっていると、吉村は、

「あんたが、絶対大丈夫だというから、大事なタレントを貸したんですよ。いったい、どうしてくれるんです？」

「おれにだって、わからんよ」

星野は、ぶぜんとした顔で、呟《つぶや》いた。

「しかし、あんたが、企画したことじゃないですか？」

「そりゃあそうだが、まさか、こんなことになるとは思っていなかったんだ」

「でも、彼女が消えれば、一層面白いといっていたじゃありませんか？」

「ジョークだよ。冗談でいったんだよ。いくらおれだって、トンネルの中で人間が消えるなんて、信じてやしなかったんだ」

「彼女は、気味悪がっていたんですよ。仕事熱心な彼女が、珍しく、この仕事には、

二の足を踏んでいたんです。僕だって、ちょっと不吉な気がした。それを説得してやらせたのは、星野さん、あなたを信用したからこそですよ」

吉村は、くどくどといい続けた。

星野は、黙っている。戸田は、トンネルを見つめた。

「彼女はねえ、やっと、テレビタレントとして、売り出してきたところだったんですよ」

と、吉村は、なおも、いった。

「来年の初めから、Sテレビの大河ドラマへの出演が決まっていたんです。レコードを出す予定もあったんだ。現在だって、レギュラー二本に、単発もののドラマの出演が、週に三、四本はあるんですよ。どうしてくれるんです？」

「警察へ捜索願を出すよ」

「それだけですか？」

「それだけって、他に何が出来るっていうんだ？」

星野の声も、次第に荒くなっていった。

戸田にも、どうしていいかわからない。多分、ここにいる誰もが、トンネルの中で、浅井由美子が消えてしまうなんて、考えてもいなかったのだ。だから、狼狽《ろうばい》し、どうしていいかわからなくなってしまっているのだ。

「私はね、このまま、浅井由美子が見つからなかったら、星野さん、あなたと、テレビ『中央』を訴えますよ。もちろん、損害賠償も求めます。そのときになって、文句をいわんで下さい」

吉村は、ヒステリックに叫んだ。

「どうします？」

と、戸田が、星野にきいた。

星野は、足下の小石を、思い切り蹴飛《けと》ばしてから、

「ここの警察に、浅井由美子の捜索願を出す」

「ええ」

「それは、君に頼むよ。君がやってくれ」

「他には？」

「他には、何もすることはないだろう？　あとは、このフィルムを、放送するだけだ。そうだ。この間撮《と》った例の『日本のピラミッド』をあとに廻《まわ》して、これを先に放送し

よう。『日本のピラミッド』なんて、いってみれば、ニセモノの面白さでしかない。たいして、視聴率は稼げんよ。そこへいくと、このフィルムには、事実の強みがある。しかも、消えてしまったのは、名の通ったタレントだ。こいつはすごい反響になるぞ。視聴率も、三〇パーセントはいくかも知れん」

星野の顔は、喋《しゃべ》っているうちに、だんだん紅潮してきた。ぶぜんとしていたのが、いつもの精力的な顔つきに戻っている。

「しかし、彼女の安否が気遣われますが」

と、戸田がいうと、星野は、にやッと笑って、

「そんな心配はせんでいいよ。彼女がどうなったかは、警察に委《まか》せればいい。われわれが考えなければならんのは、番組のことだ。いかに効果的に、このフィルムを使うかを考えればいいんだ。そうだ。警察へは、カメラマンも連れて行け。これが本物だということを、あらゆる手段を使って証明して見せるんだ。捜索願を出すところも、ちゃんとカメラにおさめておくんだ。そうすれば、絶対に視聴率があがる」

「まさか、あなたが仕組んだんじゃないでしょうね？」

と、戸田はきいた。

星野の顔がゆがんだ。

「馬鹿なことをいうな」

6

翌日の朝早くから、芸能記者たちが、テレビ「中央」に殺到した。ニュースを嗅《か》ぎつけたというより、星野が、意識的に流したのだ。

記者たちが集まったところで、星野が、記者会見に当たった。

星野は、完全に、一時の狼狽《ろうばい》から立ち直っていた。少なくとも、記者会見に立ち会った戸田には、そう見えた。

星野は、むしろ、自信満々で、得意気でさえあった。

「われわれは」と、彼は、記者たちを見廻《みまわ》した。

「人間が消失するという、とてつもない現場に立ち会ったわけです。今でも、身体《からだ》がふるえるような瞬間でしたよ。現実に、そんなことがあり得るなんて、私をはじめとして、全スタッフが信じていませんでしたからね」

「問題のフィルムを見せて貰《もら》えませんか」

「来週の日曜日、十一月十二日の『日本びっくり・ビックリ話』の時間に放送しますよ。それを見て下さい」

「その前に見せて貰えんのですか？」

「警察だけには、お見せしました。捜査の参考にするというのでね」

「これだけ問題になったら、十二日の放送は、大変な視聴率を稼ぐでしょうね？」

記者の一人が、皮肉な眼つきできいた。

「私としては、視聴率がいくらかというよりも、一人の人間が消えたという事実を、全国の皆さんに知って貰いたくて放送するんですよ」

「あなたが、視聴率をあげるために、一芝居打ったんじゃないかという噂《うわさ》もあるんですがねえ」

また、意地の悪い質問が飛び出した。

星野は、その質問者を、きっと睨《にら》みすえて、

「一人の優秀な女性タレントが、行方不明になってしまったんですよ。美人で、前途有望なタレントがね。そんなことまで、私がすると思うんですか？」

「じゃあ、浅井由美子がトンネルで消えてしまったことを、あなたは、どう解釈しているんですか？」

「わかりません。だから、十二日にこのフィルムを全国の皆さんに見せて、判断して頂きたいと思っているのですよ。この不思議な現象を、皆さんがどう解釈するか、それを知りたいですからねえ」

記者会見が終わると、星野は、してやったという顔で、戸田を見た。

「これで、来週の放送は、視聴率三〇パーセントは間違いないぞ」

7

新宿の超高層ビルの三十六階に事務所を持った私立探偵の左文字進《さもんじすすむ》が、戸田の訪問を受けたのは、二日後の十一月八日だった。

「トンネルで、美人タレントが消えてしまったという話なら、新聞で読みましたよ」

と、左文字は、ニコニコ笑いながら、戸田にいった。細君の史子《ふみこ》が、好奇心一杯の顔つきで、コーヒーを戸田にすすめた。

「それで、ぜひ、浅井由美子を探して貰《もら》いたいのです」

戸田は、左文字にいった。左文字は、ハーフなので、眼が青い。その透明な眼で、じっと、戸田を見つめて、

「警察には頼んだんですか？」

「地元の警察に、捜索願を出しましたが、殺人事件のように、全力を尽くしてはくれそうもありません」

「それで、ここへ来られたんですか？」

「あなたは、誘拐された巨人軍の選手を探し出された方でしょう。だから、今度の浅井由美子も、見つけて下さると信じて、お願いに来たんです」

「あなたの一存ですか？　それとも、テレビ『中央』として依頼に来られたんですか？」

「私の一存です」

「ほう」

左文字は、微笑して、

「それは、何故《なぜ》ですか？」

「テレビ局全体が、彼女を見つけ出すことより、この騒ぎを利用して、番組の視聴率をあげることに熱中しているからです。テレビ局としては、当然かも知れませんが、私には、我慢出来なくなりましてね」

「なるほど」

「引き受けて貰《もら》えますか？」

「喜んで引き受けますが、テレビ局がその状態では、あまり協力は期待出来ませんね。例えば、問題のフィルムを、すぐ見せて貰うわけにはいかんのでしょう」

「ええ、チーフ・プロデューサーが、金庫に入れてしまいましてね。放送前に、絶対に誰にも見せるなという命令が出ているんです。申しわけありません」

「いや、構いませんよ。どうせ、十二日には放送されるわけですからね。そのとき、ゆっくり拝見しましょう」

左文字は、落ち着いた声でいった。

戸田が帰ると、史子は、ハンドバッグを持って、

「すぐ行きましょうよ」

「何処《どこ》へ？」

「問題の遠見トンネルよ。現場を見るのが第一でしょう?」

「いや、その必要はないよ」

左文字は、微笑して、煙草に火をつけた。

「何故《なぜ》、必要ないの? この事件はK県のトンネルで起きてるのよ」

「理由は二つある」

「いってみて」

「第一、このトンネルが出来たのは一年前だ」

「それが、どうかしたの?」

「もし、問題がトンネルにあるとすれば、すでに何人もの人間が消えていなければならない。ところが、十月末になって、たった一人が消えただけだ」

「二人よ。松下美代子という地元の女性と、タレントの浅井由美子の二人」

「純粋に消えたのは、松下美代子一人だよ。タレントの浅井由美子の方は、テレビ局が、妙な企画を立てなければ、消えなくてすんだんだ」

「そりゃ、そうだけど」

「第二に、もし、この事件が、異次元に迷い込んでしまったとか、UFOに連れ去られたということだとしたら――」

「その可能性もあるわよ」

「僕だって否定はしないし、個人的には、大変興味がある。だがね。もし、そうしたことがあったのなら、われわれの手には負えないんだ。つまり、いずれにしろ、トンネルを見ても仕方がないということさ」

「じゃあ、そうやって、椅子《いす》に坐《すわ》ってるの?」

「いや。まず、関係者を調べ、それから、十二日の放送を楽しみに見ようじゃないか」

「関係者って?」

「まず、消えてしまった浅井由美子、チーフ・プロデューサーの星野、事件の依頼に来た戸田、マネージャーの吉村、現場でビデオ・カメラを動かした二人のカメラマン。こんなところかな」

8

十日の金曜日に、戸田が、夕方、左文字の事務所を訪れて来た。

「今日、正式に、吉村マネージャーが、五千万円をテレビ局に要求して来ましたよ」

と、戸田はいった。

「五千万円ですか」と、左文字は、あごをなぜた。

「その金額は、高いんですか？　安いんですか？」

「それは、浅井由美子というタレントを、どう評価するかによりますね」

「吉村マネージャーは、高く評価している？」

「将来性豊かといっています。しかしねえ」

「違うんですか？」

「恋多き女という点では有名でしたが、タレントとしてはね。例えば、マネージャーは、来年のSテレビの大河ドラマに出演が決まっているといっていますが、それはほんの端役《はやく》だし、われわれの得た情報では、それも、どうやら、他の人に決まったようなのです」

「なるほど」

「レギュラー番組を週三本持っているといいますが、これも、端役ばかりだし、うち二本は、間もなく、出演場面がなくなるのです」

「面白い」

「え？」

「なかなか面白いといったのですよ」

「それは、どういう意味ですか？」

戸田は眉《まゆ》をひそめてきいた。

左文字は、手をふって、

「不謹慎に聞こえたら、あやまりますよ。浅井由美子は、さほどネームバリューのないタレントというわけですね？」

「そうです。第一、売れっ子のタレントだったら、あんな縁起《えんぎ》でもない実験を引き受けてはくれなかったでしょう」

「ネームバリューがなかったから消えてしまったのか、それとも逆に、何故《なぜ》、ネームバリューがないのに消えたのか？」

「どういう意味ですか？」

「家内にもいったんですが、今度の事件が、超自然的なものなら、僕が逆立ちしても解決出来ない。だが、人為的なものなら、二つの疑問を解決すればいいということです。一つは、ネームバリューがないタレントだから消えたのではないかという疑問です」

「売名行為ということですか？」

「簡単にいえば、そうです」

「確かに、今度の事件で、彼女は有名になるでしょうが――」

「もう一つは、何故《なぜ》、ネームバリューがないのに消えたのか？」

「同じ疑問じゃないですか？　答えは、売名行為ということになりませんか？」

「いや、微妙に違います。第一の場合は、自動的なものですが、第二の疑問は、他動的な場合を想定しています」

「なるほど。例えば、彼女が誘拐されたのではないかということですか？」

「そうです。何故、さして有名タレントでもないのに誘拐したのか？」

「誘拐なら、身代金の要求がある筈《はず》ですが、そんな気配は、まだありませんよ」

「そのうちにあるかも知れませんよ。何しろ、五千万円の価値があると思っている人もいるわけですからね」

と、左文字はいった。

戸田が帰ってしまうと、史子は、批判的な眼で、左文字を見つめて、

「あまり相手を脅かさない方がいいわよ」

「誘拐のことかい？」

「ええ」

「考えられないことじゃないさ」

「私は、売名行為のような気がして仕方がないわ」

「理由は？」

「浅井由美子のことを調べたんだけど、若いけど、一筋縄じゃいかない女性よ。今度の仕事が来たとき、自分を売り出す絶好のチャンスと思ったんじゃないかな。トンネル内で消えたとなれば、一躍有名になるわ。そして、しばらくしてから、北海道にでも突然、現れて、こういうの。トンネルの中で気を失って、気がついたら北海道に来ていたってね。またまた有名になるわ。ＵＦＯに乗せられたっていってもいいし」

「面白いね」

「もし、この考えが当たっていれば、共犯者がいたわけよ。トンネルの中で、誰かが、彼女を車に乗せて、運んで行ったんだわ」

「君の話が正しいかどうか、日曜日になればわかるよ」

と、左文字はいった。

9

十二日の日曜日の午後七時に、左文字夫婦は、ビデオを用意して、問題の放送を待った。

〈現代の恐怖！　トンネルで人間が消えた〉

〈異次元への入口か、遠見トンネル〉

そんな大げさなタイトルが出て、放送が開始された。

二時五十分に、浅井由美子が、トンネルに向かって歩き出すところが映し出される。

彼女の姿が、トンネルの中へ消える。

反対側の出口では、同時に、カメラが撮影を開始する。

何台かの車が、トンネルを出て、カメラの前を通り過ぎて行く。

十分が過ぎたが、浅井由美子は、トンネルから出て来ない。

顔を見合わせるチーフ・プロデューサーの星野と、サブの戸田。二十分後、二人が、あわてて、トンネルに入って行く。

〈トンネルの中に、浅井由美子の姿は、ありませんでした。彼女は、トンネルの中で消えてしまったのです〉

と、アナウンサーが興奮した調子でいった。

画面には、前にトンネル内で消えてしまったＯＬの松下美代子の写真や、トンネル周辺の地図などが映し出されたが、左文字は、テレビを消してしまった。

ビデオを巻き戻し、再生して、何回も見直した。

浅井由美子が、トンネルに入ったときから、二人のプロデューサーが、不審を感じて、トンネルに駆け込んだときまで、約二十分の間に、トンネルを通過して来た自動車が問題だった。人為的に、彼女が消えたとすれば、その車のどれかに乗った、あるいは乗せられたに違いないからである。

幸い、ビデオ・カメラの画面は鮮明だった。

二十分間に、トンネルを出て来た車の数は七台。ナンバープレートも、運転している人間の姿も映っていた。

史子が、その七つのナンバープレートを、ビデオを何回も廻《まわ》して、メモした。

左文字は、この七台の車の調査を、顔見知りの矢部《やべ》警部に頼むことにした。

矢部は、二日間で、七台全部を調べあげてくれた。

「この七台の車の持ち主の中に、浅井由美子を誘拐した犯人がいると思っているのかい？」

と、電話の向こうで、矢部がきいた。

「誘拐したかどうかはわからないよ。自分から進んで乗ったのかも知れない。とにかく、その七台のどれかに乗らなければ、トンネルの中で消えられる筈《はず》がないんだ」

「残念でした」

「え？」

「今度ばかりは、君の考え違いだよ」

「違うのか？」

「七台の車と、車の持ち主を徹底的に調べてみたがね。どんな形であれ、浅井由美子と関係のある人間はいなかったよ。七人の家にも当たってみたが、浅井由美子がかくれている気配はないね」

「おかしくても、事実は事実だよ」

矢部は、信用のおける捜査一課の警部である。彼の捜査に、ミスがあるとは思えなかった。

10

電話を切ってから、左文字は、しばらくの間、考え込んでいた。

史子が、心配そうに見守っていたが、五、六分すると、左文字の顔に、微笑が浮かんだ。

「これで、関係者の狂言だということが、いよいよ、はっきりしたよ」

と、左文字はいった。

「何故《なぜ》？　車に乗って消えたという線はなくなったのに？」

「いや。車で消えたんだ。歩いて消えるわけにはいかない。そんなことをすれば、誰かに目撃されるに決まっているからだよ。車のトランクにかくれるか、座席にかがみ込んで通過するより仕方がないんだ」

「でも――」

「確かに、ビデオに映っていた七台は、シロだった。しかし、カメラが廻《まわ》っていたのは、浅井由美子がトンネルに入るところから、二十分後に、逆の出口から、星野と戸田が駆け込むところまでなんだ。そのあと、トンネルを抜けて来た車は、映されていない。それを知っていて、浅井由美子が、トンネルの中で車を停《と》めて乗り込み、じっと待つ。そして二人のプロデューサーが入って来てから、車が走り出す。多分、そうしたんだ。つまり、この実験の時間割りを知っていた人間が犯人ということだよ」

「犯人は浅井由美子？」

「ああ、だが、共犯がいた筈《はず》だ」

「車を運転した人間？」

「いや、それは誰かに頼んだとして、もう一人、実験の参加者の中にいたと思うね。浅井由美子が消えて、トクをする人間だ」

と、左文字がいったとき、電話が鳴った。

相手は、戸田だった。

「今日、五千万円支払いましたよ。テレビ『中央』としては、あの放送が四七パーセントという驚異的な視聴率をあげたんで、それだけ払っても、仕方がないと考えたんでしょう。それに、他のタレントへの影響ということもありますしね」

「五千万円は、誰に支払ったんです？」

「吉村マネージャーが、小切手を取りに来ましたよ」

「彼が貰《もら》うんですか？」

「そんなことはありません。大部分は、プロダクションにいくでしょうね」

「彼女の家族にはいかずにですか？」

「彼女は、プロダクションに三千万近い借金をしていましたからね」

「ふーん。それで、今後、吉村マネージャーは、どうするといっていました？　タレントの浅井由美子がいなくなって」

「しばらく、海外旅行でもするといっていましたね。浅井由美子が消えてしまって、ショックだったんでしょう」

「小切手は、簡単に現金化出来るものですか？」

「ええ。そうですが、それが何か――?」

「あとで連絡します」

左文字は、電話を切ると、史子に向かって、

「成田空港へ行くぞ」

「マネージャーの吉村が犯人なの?」

「浅井由美子と、しめし合わせて、五千万円持って恋の逃避行を考えたのさ。こういう劇的な消え方をしておけば、プロダクションだって探しようがないし、カムバックするときだって楽だからね。そうだ。矢部警部に連絡しておこう」

吉村マネージャーは、五千万円の現金をトランクに詰め込み、先行して、ハワイで待っている浅井由美子のところへ行こうとしているところを、国際線ロビーで検挙された。

松下美代子という地元の娘が、九州で発見されたのは、その二日後だった。

こちらは、中年男との結婚を両親に反対されて、一芝居打ったのだが、どうやら、両親は、ひとまわり以上違う男との娘の結婚を許すらしい。

天国に近い死体

1

私は、非番になると、山に出かけることにしています。私の名前は、前田利夫《まえだとしお》。三十二歳。名前が平凡なように、東京警視庁捜査一課に所属する平凡な平刑事です。

私が山を好きなのは、多分、毎日毎日、ごみごみした都会の中で、血なまぐさい殺人事件を追い廻《まわ》しているからだと思います。いくら刑事でも、人間である以上、殺人そのものが好きなわけがありません。だから、時々、山へ登って、澄んだ空気を、胸一杯吸いたくなるのです。

四月上旬に、珍しく三日間の休暇にありつくと、私は、リュックサックを背負い、北関東の山へ出かけました。日本アルプスだとか、谷川岳《たにがわだけ》といった有名な山に登りたいと、私は思ったことがありません。名もない山が好きなのです。一日山歩きをしても、誰《だれ》にも会わない、麓《ふもと》に下りると、清流の傍に、ひなびた温泉宿が、一軒だけ、ポツンと建っている。そんな場所が、私の理想なのですが、最近は、少なくなりました。

私は、行く前に、友人の徳大寺京介《とくだいじきょうすけ》に電話してみました。アフリカでもっとも精《せい》悍《かん》だといわれるマサイの戦士に似たこの友人を、私は、尊敬しています。彼の素晴らしい洞察力《どうさつりょく》が、私の関係した難事件を、しばしば解決してくれたからです。

「どうだい？　三日間ほど、山へ行って、英気を養って来ないか。ひなびた温泉で、都会の埃《ほこり》を落とすのも悪くないぜ」

と、私は、誘ったのですが、徳大寺は、

「悪いが、図書館へ通って、調べ物をしなきゃならないのだよ」

と、いやに落着いた声でいいました。

「調べ物って、何だい？」

「中央アフリカの原住民が所有する呪術《じゅじゅつ》の力についてね」

「何だって？」

「中央アフリカには、シバの女王の子孫だといわれる部族が住んでいてね。彼等は、われわれには、とうてい信じられない不思議な力を持っていると、伝えられているのだ。僕は、それに興味があってね」

「君みたいな頭脳明晰《めいせき》な男が、超能力を信じるのかねえ」

私が、溜息《ためいき》をつくと、徳大寺は、電話の向うで、クスクス笑ってから、

「確か君は、近視だったねえ」

「ああ、おれは、両眼《りょうめ》とも〇・二で、眼鏡《めがね》をかけているよ。君も知ってるはずだ。それがどうかしたのかい？」

「君は、眼鏡なしには、五〇メートル先の看板の字を読めまい。ところが、僕は、両眼の視力が二・〇だから、楽に読める。君にとって、僕は超能力の持主になるわけだよ。超能力というのは、そうした簡単なことの延長なのさ」

私には、よくわかりませんでした。私がわかったのは、とにかく、ひとりで出発するより仕方がないということでした。何か一つのことに没入し始めると、徳大寺という男は、てこでも動かないことを知っていたからです。向うで、温泉宿に落着いたら、もう一度、誘いの電話をかけてみようと考え、私は、四月七日の夜、上野《うえの》から、東北線の夜行列車に乗ったのです。

私が、目標として選んだのは黒磯《くろいそ》駅から北西約二〇キロにある山でした。

標高一〇九六メートル。手頃《てごろ》な山です。バスの終点から、更に五キロほど歩くと、N山の麓に着きます。野良着姿のお百姓が、私に向って、丁寧にあいさつをして通り過ぎて行きます。私は、そんなちょっとしたことも好きなのです。東京の真ん中で、毎日、ギスギスした生活をしているからかも知れません。

麓の道祖神の傍で、一休みしてから、私は、リュックサックを背負い直して、山道に入って行きました。風もなく、春の陽《ひ》が、木々の間から、柔らかく射《さ》し込んできます。人の気配は、全くありません。時々、鳥の声がし、鋭い羽ばたきを残して、尾ながが、飛び去って行きます。

(徳大寺も、図書館なんかに閉じ籠《こも》っていずに、このきれいな空気を吸いに来ればいいのに)

と、思いながら、私は、頂上めざして登って行きました。

頂上に着いたのは、午後一時近くでした。頂上は、平らな台地になっています。私は、リュックサックをおろし、遅い昼食をとろうとして、草むらに腰を下しかけたのですが、数メートル先に、男の死体を見つけて、ぎょっとして、立ちすくんでしまいました。

2

三十五、六歳の男でした。

草むらに、うつ伏せに倒れている男は、完全にこと切れていました。

だが、私は、落着きを取り戻すと、何となく、可笑《おか》しくなって、笑ってしまったのです。不謹慎なのは、わかっています。特に、私の職業は刑事です。たとえ非番とはいえ、死体を前にして、笑うなどとは、もってのほかといわれるかも知れません。それは、よくわかっているのですが、死んでいる男の恰好《かっこう》が、異様、というより、どう見ても、滑稽《こっけい》だったのです。きっと、あなただって、笑ったに違いありません。

男は、裸足《はだし》の上に、派手な花模様のパジャマを着て死んでいたのです。

標高一〇九六メートルの山の頂上なのですよ。そこに、パジャマ姿で死んでいるのです。私は、笑ったあとで、白日夢でもみているような妙な気分になり、何度も、眼をこすりました。

しかし、いくら見直しても、眼の前の死体は、裸足で、パジャマを着ているのです。

私は、死体の傍に屈み込み、仔細《しさい》に調べてみました。非番でも、刑事根性は抜けないものです。

おやッと思ったのは、薄くなった後頭部が、何か鈍器のようなもので殴られたらしく、深く陥没し、さらに、乾いた血がこびりついていたからです。

(他殺か)

私は、思わず、周囲を見廻しました。が、人の気配は、相変らずなく、物音一つ聞こえて来ません。

私は、煙草《たばこ》をくわえて、ライターを取り出してから、あわてて、それをポケットにしまいました。ここは、殺人現場なのです。少しでも荒らしたら、捜査員が迷惑すると思ったからです。どう見ても、パジャマ姿の死体にふさわしい場所とは思えませんでしたが、殺人現場であることに違いはないのです。

私は、しばらく考えてから、反対側に山をおりることにしました。地図によれば、そこに、一軒宿の温泉があることになっていたからです。殺人事件である以上、一刻も早く、県警に報告する必要があります。そう考えて、私は、急な山道を、麓へ向って急ぎました。

宿は、地図にあった通り、ポツンと一軒だけ建っていました。身体《からだ》に自信はある方ですが、山道を駆けおりたので、旅館の前に着いた時には、足が、ガクガクしていました。

二階建の古ぼけた日本家屋で、近代的なホテルを見なれた眼には、妙になつかしく、また、同時に頼りなげに見える旅館でした。がたぴしする玄関の戸を開けて、案内を乞《こ》うと、いかにも人の好《よ》さそうな初老の主人夫婦が、奥から出て来ました。

「よう、おいでなさいましたな」

と、ニコニコして話しかけてくるのへ、私は、電話があるかと聞き、帳場の奥へ案内して貰《もら》いました。

受話器を取ってから、ハンドルをぐるぐる回すと、交換手が出る、何とも古めかしい電話でしたが、県警本部には、二、三分で繋《つな》がりました。

しかし、そのあとが大変だったのです。N山の頂上に、パジャマ姿で男が殺されていると私がいっても、相手は、なかなか信じてくれないのです。後で考えれば、当然だったと思います。私が、県警の警官だったとしても、いきなり、電話で、こんな事件を持ち込まれたら、眉《まゆ》に唾《つば》をつけたに違いありません。

私は、自分の名前をいい、疑うなら警視庁に照会してくれと怒鳴り、十五、六分、受話器を握って悪戦苦闘した結果、やっと、相手に信じさせることに成功したのです。こんなことは、初めてです。

「N山で、人が殺されとったですか？」

と、宿の主人が、眼を丸くして、私を見ました。頂上で、パジャマ姿の男が、といえば、また、宿の主人夫婦を前に、悪戦苦闘しなければならないので、「中年の男がね」とだけいい、リュックサックを、部屋に置かせて貰ってから、もう一度、N山に登りました。

せっかくの非番だというのに、と、ぼやきながらというのは、本当ではありません。半分は、ぼやきながら、あとの半分は、面白い事件にぶつかったことで、興奮してもいたのです。自分でいうのも変ですが、私は、根っからの刑事なんです。

頂上に着いても、県警の刑事は、まだ到着していませんでした。私は、彼等を待つ間、もう一度、死体を調べてみました。パジャマ姿ですから、腕時計もはめていないし、身元を証明するようなものは、身につけていません。土地の人間でないとすると、身元を確認するのに、骨を折るかも知れないと思いました。

顔はどちらかといえば、都会人風でした。それに、うつ伏せになっていたのでわからなかったのですが、顔を持ち上げてみると、妙なことに、右半分だけ、ひげがきれいに剃《そ》ってあるのです。左半分は、無精ひげが一杯です。どうも、妙な死体でした。友人の徳大寺が見たら、きっと興味を示すだろうなと考えているところへ、県警の刑事二人が、派出所の警官と一緒に上って来ました。二人とも、私と同年齢ぐらいの刑事です。死体を見ると、屈《かが》み込んで調べていましたが、背の高い、井上《いのうえ》という刑事が、

「正直いいますと、ここに来て、死体を見るまでは、まだ半信半疑でしたよ」

と、私にいいました。正直な男です。

派出所の警官は、この山の麓の生れだということで、五十歳くらい、陽焼けした顔には、どこか土の匂《にお》いがして、いかにも好人物といった小さな眼をしていました。

「どうもこの土地の人間じゃありませんな」

と彼は、眼鏡に手をやりながら、いいました。この土地の人間なら、昨日生れた赤ん坊の顔まで知っているが、全く見覚えがないというのです。

私たち四人は、死体の周囲を、丹念に調べてみました。頂上は、二〇〇平方メートルぐらいの台地になっていて、雑草が、茂っています。見晴らしのいい場所で、まだ

雪の残っている遠くの山々が見えるし、この山の麓を曲りくねって流れるN川が、春の陽にキラキラ輝いているのです。交通の便が、もう少し良ければ、たちまち見晴台が作られ、麓からケーブルカーでも走るようになっていたに違いありません。もちろん、ホテルや旅館が軒を並べて。そうなっていたら、パジャマ姿の男が、山の頂上で死んでいても、今ほど異和感は持たなかったかも知れませんが、今のN山の状況では、どう考えても、奇妙過ぎます。

急に、派出所の警官が、大きな声をあげました。死体から五メートルばかり離れた草むらから、ピカピカ光る金メッキのライターを拾いあげたのです。

そのライターには、「S・O」と、イニシアルが彫ってありました。被害者のものか、それとも、犯人が落として行ったものかは判断できませんが、収穫であることに変りはありません。私たちは、勢いを得て、なおも、草むらを捜し廻りました。その結果セブンスターの短い吸殻《すいがら》を二本見つけ出すことに成功しました。二本とも、同じ場所で、ライターの落ちていた近くです。

しかし、一時間近くかかって、私たちが見つけ出したのは、結局、ライター一個と、セブンスターの吸殻二本だけだったのです。あとは、コーラの空かん一つ見つかりませんでした。

　県警の井上刑事は、ライターを、カチッと鳴らして火をつけてから、

「これが、被害者か、犯人のものだと助かるんですがねえ。とにかく、こんな妙な事件は、生れて初めてですよ」

　と、私に向って、肩をすくめて見せました。私にだって、生れて初めて接した妙な事件です。

「これから、どうする積りですか？」

　と、私は、きいてみました。

「とにかく、死体を麓まで下し、車で、大学病院へ運んで解剖して貰います」

　と、井上刑事がいい、もう一人の小山《こやま》という小太りの刑事は、

「私は、反対側へおりて、下の旅館の聞き込みをやってみますよ」

　と、いいました。

　井上刑事と、派出所の警官が、パジャマ姿の死体を、かついで下へ運ぶことになり、私と、小山刑事は、反対側へ下りて、例の温泉宿へ行くことになりました。

　麓へおりた私は、旅館の名前が、「宇滝《うたき》旅館」というのだと、知りました。なんで

も、近くに、美しい滝があり、その滝の名前が、宇滝というのだそうです。県警の小山刑事は、宿の主人主婦に向って、

「今、泊り客がいるかね？」

と、ききました。私は非番だし、縄張り違いなので、黙って、見守っていました。県警の刑事のお手並拝見というちょっと意地悪な気持がなかったわけではありません。

「お一人、泊っていらっしゃいます」

と、宿の主人が、二階を、ちらりと見上げました。

「男の客かね？」

「はい。東京からおいでになったお客様です」

「ちょっと、宿帳を見せて貰うよ」

小山刑事が、大学ノートの宿帳に眼を通すのを、私も、横からのぞかせて貰いました。

東京都世田谷《せたがや》区烏山《からすやま》——番地
山田一郎《やまだいちろう》

と、書いてありました。年齢は三十五歳。この旅館へ来たのが、一昨日の四月六日で、出発予定日は、書いてありませんでした。

山田一郎というのは、いかにも、偽名くさい名前です。小山刑事も、私と同じことを考えたらしく、

「山田一郎か」と、口の中で呟《つぶや》いてから、

「この客を呼んで来てくれないかね」

と、宿の主人にいいました。

3

その男は、痩《や》せて、何となく生気のない顔をしていました。

ロビーといっても、廊下の外れに、ソファを並べただけの場所ですが、私と小山刑事は、そこで、宿の丹前を着た山田一郎に会いました。陽が落ちて、急に寒くなり、宿のカミさんが、石油ストーブをつけてくれました。

「失礼ですが、身分証明書を見せていただけませんか」

と、小山刑事がいいました。男は、膝《ひざ》の上で、両手を握り合せたり、離したりしながら、

「なんで、そんなものを、あなた方に見せなきゃならんのですか？」

「N山で、殺人事件が発生したのですよ」

普通なら、え？　と驚くのが当然なのに、男は、無感動に、「そうですか」と、いったあと、

「しかし、身分証明書みたいなものは、持合せていませんよ」

と、首を振るのです。私は、臭いなと、直感的に思いましたが、前にも書いたとおり、ここでの主導権は、あくまで県警にあるので、黙って、小山刑事の出方を見ていました。

小山刑事は、煙草を取り出して、火をつけてから、

「じゃあ、住所と名前を教えていただけませんか」

「それなら、宿帳に書きましたから、そちらを見て下さい」

と、男は、そっけなくいいます。どうも、非協力的な態度です。小山刑事の、煙草

の吸い方が、急にせわしなくなったのは、温厚そうな、この県警の刑事も、さすがに、腹が立ったのでしょう。

「あなたの口から聞きたいのですよ」

「東京都世田谷区烏山——番地、山田一郎」

相変らず、ぶっきら棒に、男がいう。

「おかしいですな」

と、小山刑事が、首をかしげて見せました。私が、何をいうのかなと、見守っていますと、彼は、続けて、

「宿帳には、山田五郎になっていましたよ」

男の顔に、急に狼狽《ろうばい》の色が走りました。

（なかなかやるな）

と、私は思いましたね。小山刑事は、山田一郎が偽名と考えて、カマをかけたに違いない。それに、相手が、引っかかったというわけです。宿帳に本名を書いていれば、狼狽なんかするはずがない。偽名を書いたからこそ、山田一郎と書いたか、山田五郎と書いたか、自信がなくなってしまったのでしょう。

私は、そっと、立ち上ると、トイレに行くようなふりをして、二階に上り、男が使っている部屋に入りました。所轄が違いますが、何か役に立ちたかったからです。部屋の隅に、茶色のスーツ・ケースが一つだけ置いてありました。鍵《かぎ》がおりていて、中身を調べるわけにはいきませんでしたが、横腹に、「S・O」とイニシアルが入っているのが、私の眼に飛び込んで来ました。N山の頂上に落ちていたライターに彫ってあったイニシアルと、同じなのです。

私は、そのスーツ・ケースを手に持って、階下へ戻ると、それを、黙って男の前に置きました。S・Oのイニシアルが、よく見えるようにです。

これで、勝負が決まりました。「わかりましたよ」と、男は、ふてくされた顔で、肩をすくめました。

「名前は、小野清一郎《おのせいいちろう》です。しかし、何も悪いことはしていませんよ」

「じゃあ、これも、あなたのものですな」

と、小山刑事は、例のライターを、スーツ・ケースの横に並べました。

「ええ。私のですよ」

「これが、死体の傍、N山の頂上に落ちていたんです。その証明をしていただきまし

ようか」

「一昨日《おととい》、ここへ来るとき、山越えをしましたからね。その時、山の頂上で、煙草を吸いましたよ。落したんでしょうね、その時に」

「死体は？」

「そんなものは、ありませんでしたよ」

「いつもは、どんな煙草をお吸いですか？」

「セブンスターですが、それがどうかしたんですか」

「このスーツ・ケースの中身を見せていただけませんか」

と、小山刑事がいったとたんに、なぜか、小野清一郎の顔色が変りました。小山刑事も、それを見逃がさなかったらしく、

「殺人事件ですからね。どうしても、見せていただきますよ」

と、強い調子でいいました。小野は、手を伸ばして、スーツ・ケースを押さえて、

「何の権利があって、そんなことをするんです？　警察だって、他人のスーツ・ケースを見る権利はないはずだ」

「普段ならばそうですが、今は、緊急事態ですからね。もっといえば、死体の傍にあ

なたのライターが落ちていたのだから、あなたは、殺人事件の有力容疑者ということになる。協力をこばめば、署に来ていただいて、そこで、スーツ・ケースを調べることになりますよ」

小山刑事の言葉に、小野は、仕方がないというように肩をすくめ、丹前の袂《たもと》から、鍵を取り出して、テーブルの上に置きました。

小山刑事が、スーツ・ケースを開けました。私は、男が、あまりに非協力的だったので、何か犯罪の匂いのするもの、例えば、札束とか、拳銃《けんじゅう》が入っているのではないかと、ふと考えたのですが、中から出て来たのは、小さくたたまれた派手な格子じまの背広上下や、下着などでした。

「あなたは、脱いだ背広を、いちいち、スーツ・ケースにしまうんですか？」

小山刑事が、当然の質問を口にしました。

小野は、眉《まゆ》を寄せて、

「そんなことは、僕の勝手でしょう」

と、怒ったような声を出しました。

私は、ふと、思いついて、もう一度、二階の部屋に上って、押入れを開けてみました。私の思った通りでした。そこに、グレーの地味な背広や、コートが見つかったのです。背広の裏を返すと、小野というネームが入っています。

（おかしいぞ）

と、私は思いました。下着の着がえをスーツ・ケースに入れて旅行するのは、別に不思議はありません。しかし、国内旅行で、背広を二着も持ってというのは、あまり聞いたことがないからです。階下へおりて、私が、小山刑事に耳打ちすると、彼も、キラリと眼を光らせてから、スーツ・ケースの中の背広の上衣を広げ、裏のネームのところを見ました。驚いたことに、そこに刺繡《ししゅう》されていた文字は、小野ではなく、山田だったのです。

4

小野は、スーツ・ケースの中の背広は、古着屋で買ったので、前の持主の名前が、入っているのだと主張しました。もっともらしい弁明ですが、私は、信用できませんでした。

私も、安サラリーマンの一人ですから、時々、中古服の専門店で、まあまあの程度の背広を買うことがあります。そんな時には、確かに、前の持主のネームが入っていて、面倒くさいので、そのまま着ていることもあるにはあります。しかし、中古を買う場合でも、自分の好みというのが出るものです。ところが、この男は違う。部屋にあったのは、グレーの背広、コートは薄茶と、ひどく地味なものなのに、スーツ・ケースに入っていたのは、濃い緑の生地に、赤い格子縞《こうしじま》という派手なものなのです。それに下着も妙です。丹前の襟元からのぞいているアンダーシャツは、平凡な白いものなのに、スーツ・ケースの中に入っているシャツは、緑色で、胸のところに、ハイティーンの持物みたいに、フットボールのボールが、印刷してあるのです。

真新しい靴も出て来ました。旅館の玄関にあった小野の靴は、黒の平凡なものなのに、こちらは、今、若者の中で流行《はや》っているハイヒールなのです。

「これでは、どうしても、一緒に、署まで来ていただかなければなりませんな」

と、県警の小山刑事が、厳しい声でいいましたが、当然のことでしょう。他人の背広や下着や、靴をかくし持っている泊り客と、山頂で、パジャマ姿で殺されていた男を、結びつけるのは、常識だからです。

小山刑事が、小野清一郎を、連行して行ったあと、私は、この宿の主人夫婦に、小野のことを聞いてみました。

帳場の横の部屋で、こたつに当りながら話したのですが、その時に、初めて、夫婦とも、補聴器を使っているのに気がつきました。なんでも、戦時中、夫婦で、飛行機工場で働いていて、空襲に遭い、傍に二五〇キロ爆弾が落ちて、二人とも、耳が遠くなってしまったのだそうです。

「あのお客さんは、一昨日の午後二時頃、お見えになりましたよ」

と、宿の主人は、私に、お茶をすすめてくれながら、いいました。

「来た時は、一人だったのかね？」

「ええ。一人でしたが、本当に、あの方が、人殺しをなさったんですか？」

「その疑いがあるということだよ。ここに着いてからの様子に、何か変ったところはなかったかね？」

「別にございませんでしたね。昨日は、朝食のあと、散歩にいらっしゃって。午後は、前のN川で釣りをなさっていらっしゃいました」

「誰かを待っている様子はなかったかね？」

「さあ。別にございませんでしたが」

「ここに着いてから、どこかへ電話をかけなかったかね？」

「昨日の夜、おかけになりましたよ」

「どこへ？」

「確か、那須《なす》温泉だったと思います」

「那須温泉といえば、この近くだね？」

「はい。この川沿いに五キロほど歩いて、そこから、バスに乗れば行けます。お客さんも、いらっしゃいますか？」

「いや」

と、私は、首を横にふりました。

そのあと、私は、自分の部屋に入りましたが、やはり、殺人事件が気になり、黒磯警察署へ行ってみることにしました。N山を越え、バスにゆられて、黒磯へ着いた時には、もう、周囲は、まっ暗になっていました。

私は、署長に挨拶《あいさつ》して、調査の進み具合を聞きました。

被害者の解剖結果は、もう出ていました。それによると、死因は、やはり後頭部陥没による内出血。死亡推定時刻は、昨日の午前三時から四時までの間ということでした。この時間は、ちょっと意外でしたが、小野清一郎という男が、その時間に、宿を抜け出したということも、十分に考えられるので、彼がシロということにはならないと思いました。

その小野清一郎ですが、連行されて来てからは、何をきいても、黙りこくって、完全黙秘を続けているのだそうです。訊問《じんもん》には、井上と小山の二人の刑事が当っていましたが、手こずっている様子でした。

「被害者の身元の割り出しの方は、どうですか？」

と、私がきくと、背のひょろりと高い井上刑事は、

「まだ、全然です。被害者が、現場まで、どうやって行ったかということだけでも知りたくて、黒磯駅や、バス会社にも当ってみたんですが、何の情報も得られずです。また、あのN山の麓の村の人たちも、被害者を見ていないのです。もっとも、殺されたのが、午前三時から四時ですから、朝の早い農家の人でも、まだ寝ていたでしょうからね」

と、いって、小さな溜息をつきました。

しかし、悲観的な材料ばかりでは、ありませんでした。例のスーツ・ケースを、仔《し》細《さい》に調べたところ、「YAMADA」というネームの入ったライターが見つかったというのです。これで、中古の背広を買ったら、前の持主の名前が入っていたという小野の言葉は、嘘《うそ》だと、はっきりしました。

私の推理は、こうなります。

小野と被害者は、顔見知りです。小野は、一昨日の四月六日に、宇滝温泉に着き、翌日の午前三時から四時の間に、旅館を抜け出して、N山の頂上で、被害者と会ったに違いありません。動機はわかりませんが、小野は、被害者を山頂で撲殺しました。そのあと、身元をかくすために、裸にしてしまったのです。そうしておいて、被害者の身につけていた物は、自分のスーツ・ケースにしまってしまったのです。なぜ、パジャマを着せたかは、わかりませんが、この犯行をより謎《なぞ》めいたものにするためか、スーツ・ケースに自分のパジャマが入っていたのだが、被害者の衣服などを入れるとパジャマが入らなくなるので、仕方なく、死体に着せたかのどちらかではないでしょうか。被害者の身元は、まだ不明ですが、私の推理が正しければ、姓は山田ということになります。

黒磯署では、小野が宿帳に書いた世田谷区烏山――番地を、東京に照会しました。しかし、その番地に、小野清一郎という男も、山田という男もいないという返事が返って来たそうです。しかし、私は、小野が、くわしく住所を書いたことから、番地は違っても、世田谷区烏山という地名に嘘はないと見ました。人間というのは、そう嘘はつけないもので、嘘をついた積りでも、本音が混ってしまうものなのです。

小野は、一応、窃盗容疑で勾留されることになりました。別人の名前の背広や、ライターを持っていたからです。別件逮捕というのは、私はあまり好きじゃありませんが、小野が、完全黙秘をしているのでは、別件逮捕も止《や》むを得ないでしょう。

私は、その日は、黒磯で泊り、翌日、宇滝旅館へ戻ったのですが、午後一時頃、旅館へ着くと、おカミさんが、ニコニコしながら、

「お友だちが、来ていらっしゃいますよ。丁度、今、お風呂《ふろ》へ入ってるとこです」

と、私にいいました。

友だちというのが、誰か見当がつかず、私は、手拭《てぬぐい》を持って、首をひねりながら、渡り廊下を通って、湯舟のある別棟へ行ってみました。

裸になって、ガラス戸を開けると、中は、もうもうたる湯気です。視力〇・二の私

は、眼鏡をとってしまうと、よく見えません。おぼつかない足取りで、湯舟の方へ歩いて行くと、

「やあ」

という、聞き覚えのある声がしました。眼をこらすと、徳大寺京介が、湯舟の中に、長々と手足を伸ばしているではありませんか。

「図書館通いをしているはずじゃないのか」

と、私がいうと、徳大寺は、微笑して、

「まあ、湯舟に入って、素晴らしい景色でも楽しんだらどうだね」

と、いうのです。仕方がないので、私も、彼の横に、身体を沈めました。ちょっと硫黄《いおう》の匂いのするお湯ですが、湯舟の中に手足を伸ばすと、皮膚がじーんと鳴るようで、いい気持です。窓越しに、渓谷美が眼の前に展開するのも、楽しい眺めです。眼下に、N川が流れていて、湯舟に入りながら、釣りが出来そうな感じもします。

「温泉だけは、日本が一番だねえ」

徳大寺は、そんな呑気《のんき》なことをいっています。

「そうかも知れないが、ここで、殺人事件があったんだ」

「知っているよ」

「え？」

「昨夜、テレビのニュースで知ったんだ。N山の頂上で、パジャマ姿の奇妙な死体。発見者は、非番で宇滝温泉にやって来た警視庁捜査一課の前田刑事つまり君だとね。それを見て、こうしてやって来たんだ。面白い事件だと思ってね」

徳大寺は、湯舟の中で両手で顔を洗うようにしながらいいました。私は、テレビを見てなかったので、そんなニュースは知りませんでした。

徳大寺は、大きく伸びをしてから、

「檜《ひのき》風呂というのは、いいねえ。木の香りが匂って来るところが何ともいえない」

「事件のことだがね」

と、私がいうと、徳大寺は、ニッコリ笑って、

「犯人は、もう逮捕しちまったのかね？　それなら、部屋に戻って、一杯やりながら、手柄話でも聞かせて貰いたいね」

と、いうのです。皮肉な男です。私は、仕方なしに、頭に手をやって、

「ここで起きた事件だから、あくまでも、県警が中心になって捜査しているよ。おれ

は、助言しか出来ない。それに、おれは、今、非番だからね」

「しかし、ご機嫌な顔をしているところをみると、解決の見通しが立っているようだね」

徳大寺は、ざあッと音を立てて、湯舟から出て行きました。

ほっそりと見えますが骨太で、強靭《きょうじん》な感じの徳大寺の裸身に、私は、一瞬、見とれました。どうしても、私は、マサイ族の戦士を思い出してしまうのです。

私も、湯舟を出ました。私の方は、近視、下腹が出てきて、典型的な中年スタイルの身体で、お世辞にも、マサイ族の戦士などとはいえません。

私は、徳大寺の背中を洗ってやりながら、

「一人、有力容疑者を、県警は、別件逮捕しているんだ。おれは、十中八、九、いや、九九・九パーセント、犯人に間違いないと思っている」

「どんな人物なんだね？」

と、徳大寺は、窓の外の緑に眼を向けたまま聞きます。私は、ざあッと、彼の背中を流してやってから、この旅館で逮捕した奇妙な男のことを、話しました。

徳大寺は、聞き終っても、何も意見をいわず、

「今度は、君の番だ」

と、私の背中を洗いはじめました。私は、学生時代、彼と二人で旅行に出かけた時のことを思い出しました。あの頃は、まだ、自分が警察で働くようになるとは思っていなかったし、こんな形で、徳大寺と、犯罪について語り合うとも、考えていませんでした。

「君の意見を聞かせて貰いたいんだがね」

と、私は、背中を洗って貰いながら、徳大寺にいいました。

「しかし、君も、県警も、その男について十分な自信を持っているんだろう？」

「ああ。あの男以外に犯人は考えられないね」

「じゃあ、僕が、あれこれいうことは、ないんじゃないかね」

「まあ、そうなんだが、男が完全黙秘を続けているんでね。それに、被害者の身元が、まだわかっていないんだ。それでも、多分、県警は、起訴に踏み切るだろうね」

「被害者の名前も、わからずにかい？」

「山田ということだけは確かだよ。今もいった通り、ライターにも、背広にも、山田のネームが入っていたからね。もちろん、犯人の小野清一郎は、被害者のことを、よく知っているに違いないんだ」

「細かいことも、当然、調べたんだろうねえ」

「何のことだ?」

「例えば、靴さ。スーツ・ケースに入っていた靴の大きさは、被害者の足に、ぴったり合うんだろうね?」

「大きさはどちらも二十五。ぴったり一致している。もっとも、二十五というのは、平均的な号数だがね」

「容疑者の小野清一郎の足の大きさも、二十五なんじゃないかね?」

「ああ。そうだよ。だが、彼のものじゃないよ。君だって、国内旅行に、靴を二足も持って行かんだろう?」

「まあ、そうだね」

「それにだ。スーツ・ケースの中の背広も靴も、下着も、着換えにしちゃ、派手すぎるんだ。もう片方の背広や靴に比べると、とうてい同一人の持ち物とは思えないのさ。つまり、違う人物のものだということだよ」

「なかなか理詰めじゃないか」

徳大寺は、賞《ほ》めてるのか、皮肉っているのかわからぬ声でいい、私の背中に、お湯をかけてから、

「少し、腹筋運動をやった方がいいな」

「何だって？」

「これからの刑事は、スタイルも大事だからね。もう少し、お腹を引っ込めた方がいいな」

「はぐらかさんでくれよ」と、私は、ふり向いて、徳大寺にいいました。

「おれは、ここで起きた奇妙な殺人事件のことを、君に聞いてるんだぜ。君の感想を聞かせて欲しいんだ」

「話してもいいが――」

「いいが、何だい？」

「多分、君の気に入らんと思うよ」

「構わんさ。どんなことでもいってくれ。小野清一郎が犯人だという確信は、揺がんから」

「小野という男の他に、容疑者は、皆無みたいだが、調べなかったわけじゃないだろ

うね？」

「県警は、N村の住民の一人一人に当ったよ。それに、黒磯駅や、黒磯から、ここへ来るバスの運転手にもね。だが、怪しい人間を見たという報告はないんだ」

「なるほどね」

「感想をいってくれよ」

「一つだけいっておこうか。この殺人事件は、誠に面白い。僕の図書館通いを中止させて、ここに来させたくらいだからね。標高一〇九六メートルの山頂に、パジャマ姿で殺されていた中年男。しかも、ひげを半分剃っている。何とも奇妙な事件だよ」

「奇妙だということは、君にいわれなくてもわかっているさ。君に聞きたいのは、この事件をどう見るかということだよ。県警の捜査に批判があれば、それをいって貰いたいんだ」

「それを、いおうと思っているんだよ。奇妙な事件だのに、君や、県警の考え方は、ひどく常識的なんだねえ、これが、僕の正直な感想だよ」

5

私たちは、部屋に戻り、宿のおカミさんに、地酒を頼みました。非番だから、かまわないでしょう。それに、事件の捜査は県警が進めているし、犯人も逮捕されているのですから、この辺で、徳大寺と飲むのも悪くないと思ったのです。

おカミさんは、地酒と、肴《さかな》に、N川で獲れた寒鮒《かんぶな》のかんろ煮を持って来てくれました。最近は、どこの酒もやたらに甘口になってしまいましたが、有難いことに、ここの地酒は、辛口でした。酒は、こうじゃなくちゃいけません。

私は、徳大寺に、酌をしてやってから、

「さっきは、気になることをいったねえ」

と、いいました。徳大寺は、ニコニコ笑いながら、

「気になったかね？」

「奇妙な事件なのに、常識的な捜査をしていると君はいった。なんだか、おれや県警の捜査が、間違っているようないい方じゃないか？」

私が、どうなんだ、ときくと、徳大寺は、杯を口に運んでから、

「ような、じゃないよ。君や県警の捜査は間違っているよ」

と、私を驚かせるようなことを、いともあっさりといったのです。

私は、一瞬、言葉を失ってしまいました。今度の事件では、小野清一郎が犯人だと、自信満々だったからです。私は、徳大寺の素晴らしい頭脳には、いつも敬意を払っています。しかし、今度に限っては、彼の方が間違っていると、思いました。当然でしょう。今度の殺人事件では、小野以外に犯人と思われる人物がいないのですから。

「じゃあ、小野清一郎は、犯人じゃないというのかね？」

「違うね。僕は、まだ彼に会ってないが、まず犯人じゃないと断言していいね」

「断言するからには、根拠があるんだろうね？」

「もちろん。あるよ」

「じゃあ、話してくれ。聞こうじゃないか」

「そんな怖い顔はしなさんな」と、徳大寺は笑ってから、

「まず、小野清一郎が犯人だとして、話を進めてみよう、彼は、何かの理由で、被害者を、N山の頂上で撲殺した。そのあと、君の推理に従えば、裸にして、パジャマを

着せたわけだが、そんなことをした理由は、何だろう？」

「もちろん、身元をかくすためさ」

「それなら、下着まで脱がせる必要はないよ。ネームの入ったライターや、背広だけ脱がせばいい。さらに、おかしいことがある。第一は、パジャマだ。このパジャマは、君や県警の考えに従えば、当然、犯人が持っていたことになるが、国内旅行にパジャマ持参というのも変じゃないかね。宿の寝巻が気持が悪いからパジャマ持参という人もいるが、そんなに潔癖な犯人なら、それを死体に着せて、自分は、宿の丹前を着ているというのは、おかしいよ」

「他にも、疑問点はあるのか？」

「第二は、身元を知られたくないために、服から靴まで脱がせたというのに、それを、後生大事にスーツ・ケースにいれて持っていたことだよ。しかも、現場近くのこの宇滝旅館に泊まっていた理由が不可解じゃないかね？」

「小野は、那須温泉に電話している。そこに仲間がいて、車で迎えに来るのを待っていたんだと、おれは見ているんだ」

「そうかねえ」と、徳大寺は、首をかしげてから、

「話を続けよう。第三は、スーツ・ケースの中に入っていた背広や靴のことだ。君は、背広は派手だし、靴はハイヒール、それに下着は、ティーン・エイジャーが喜びそうなもので、中年の小野には似合わないという。だがね。殺された男も、中年で、サラリーマンタイプのはずだよ。とすれば、被害者にも似合わないんじゃないかね」

「じゃあ、小野は、なぜ、あんな背広や靴を後生大事に、スーツ・ケースにしまっていたんだ？　しかも、ネームの違う背広や、ライターをだよ。君に、その説明がつくかね？」

「もちろん、説明がつくさ」

徳大寺京介は、小憎らしく、ニッコリ笑ったのです。

「じゃあ、説明して貰おうか」

と、私も、意地になって、彼を見つめました。

「小野清一郎という男は、殺人事件とは、もともと関係がなかったんだよ」

「馬鹿な。じゃあ、なぜ、スーツ・ケースに別人の背広やライターが入っていたり、警察で完全黙秘を続けたりしているんだ？」

「納得できる解釈が一つある」

「ぜひ、それを聞きたいね」

「まず、君の勘違いを指摘しておこうか。地味な背広や靴、それに下着が片方にあり、もう片方に、派手な背広、ハイヒールの男の靴、それに、絵入りの下着があると、簡単に、人間は、別人の持物だと考えてしまう。だがね。人間というのは、そう単純なものじゃないんだな。日頃地味な人間は、絶えず派手な生活に憧《あこが》れているものだし、その逆もあるんだ。変身願望というやつだよ」

「それは知っているが、小野の場合は、別の名前《ネーム》が入った背広やライターなんだよ。単なる変身願望とは違うじゃないか」

「確かにそうだ。だから、余計、面白いのさ。なぜ、そんなものを、大切にスーツ・ケースに入れていたか、考えてみよう。小野は、東京の人間だ。宿帳に書いた住所は嘘らしいが、世田谷区烏山という地名は実在するから、東京以外に住む人間には、ちょっと書けないだろうからね。年齢からみて、すでに家庭を持っているだろう。職業は、多分、サラリーマンだ。ところで、彼は、平凡な毎日の生活に耐えられなくなった。といって、家庭を捨てるだけの勇気もない。だから、彼は、一時的な変身を願望したのさ。二、三日か、あるいは、二、三週間か、小野清一郎でない別の人間になりたかったんだと思うね。派手な背広を着て、若者みたいなハイヒールを履いて、別の名前の人間になるという夢さ。その変身の場所として、彼は、静かな、山奥の、この温泉宿を選んだんだよ」

「――――」

「つまり、ここでは、彼は、小野でもなく、かといって、変身した山田でもないわけだ。だから、宿帳に、住所を東京にして、名前を山田一郎と書いたりしたんだと思うね。ところで、那須温泉だが、そこに、彼の好きな女がいるんだと思う。旅行に行った時にでも知り合った女だろう。彼女には、独身で、山田一郎だと嘘をついたんだと思うね。彼には、忘れられない女になってしまった。中年になってからの、初めての浮気だったのかも知れんな。小野は、変身願望と、恋のアバンチュールの両方を楽しむために、ここへ来たんだ。この旅館で、完全に山田一郎に変身して、那須の女に会いに行く。小野清一郎であることを示すものは、スーツ・ケースに押し込んで、ここへ預けて行くつもりだったんだと思うね。前にもいったように、家庭や仕事を捨てるほど勇気のある男じゃない。だから、何日か、那須温泉で、山田一郎として女と楽しんだら、また、ここへ帰って来て小野清一郎に戻り、東京の家庭と職場へ帰る気だったんだと思うね。だから、彼は、殺人容疑をかけられながら、黙秘を続けているんだよ。変身願望だとか、浮気だとかが、バレることになれば、職場と家族を、同時に失うことになるかも知れないからね。しかし、殺人犯にはなりたくないだろうから、そのうちに、喋《しゃべ》り出すだろうと、僕は見ているよ」

6

徳大寺京介の推理は、結局、正しかったのです。癪《しゃく》ですが、仕方がありません。私が、電話で、黒磯署の刑事に、徳大寺の推理を伝え、それを、また、小野清一郎に突きつけたところ、急に、堰《せき》を切ったように喋り出したのだそうです。

名前は、やはり小野清一郎。住所の方は、宿帳にあったように、世田谷区烏山ですが、番地は違っていて、一流のM銀行の社宅に住んでいたのです。七年前に結婚した妻がおり、五歳と三歳の女の子もいる銀行員だったのです。三十八歳の現在まで、浮気らしい浮気もせずに、真面目《まじめ》な銀行マンとして過ごして来たのですが、去年の暮、一人で那須温泉へ行った時、泊った旅館の娘と出来てしまった。彼女には、自分は独身で、山田一郎と嘘をついたのだそうです。その時には、何の気なしについた嘘だったが、東京に帰って、また、味気ない繰り返しの日常に戻った時、もう一度、山田一郎に変身して、恋のアバンチュールを楽しみたくなったといいます。サラリーマンなら、誰もが抱く願望に違いありません。それで、小野は、いつもの自分でない自分に変身するために、派手な背広や、ハイヒールの靴を買い求めたのです。それも、山田のネームを入れ、また、新しく買ったライターにまで、「YAMADA」と彫り込んで貰ったのです。それを持って、小野は、変身する場所と決めた宇滝温泉にやって来たというわけです。

県警は、すぐ、東京に照会する一方、那須温泉に、小野のいう女性がいるかを調べました。その結果、彼の証言に嘘がないことが確められたのです。立花《たちばな》旅館という中堅旅館の一人娘で、名前は、由紀子《ゆきこ》。なかなかの美人で、小野のことを、名前は山田一郎で、独身と、疑っていなかったそうです。

「君のいう通りだったよ」

と、私は、翌日、湯舟の中で、徳大寺京介にいいました。

「相変らず、大した推理力だ」

私が、賞めると、徳大寺は、照れたように、ぶくぶくと、湯の中に顔を沈めてから、子供みたいに、「ふうッ」と、息を吐きました。

「それで、小野清一郎は、無罪放免になったんだろうね？」

「まあね。だが、あの男の奇妙な行動は、説明されたが、事件は、全然解決していない。それは、わかっているんだろうね」

「睨《にら》むねえ」

と、徳大寺は、笑っています。

「当然だろう。折角の容疑者が消えちまって、殺人事件は、白紙に戻っちまったんだからね。おれは、事件に関係した以上、休暇でここにいる間に解決するところを見たいんだ。その休暇も、今日で終りだ。おれが、いらいらするのも当然だろう？」

「白紙に戻ったというのは間違っているよ」

と、徳大寺は、湯舟の中で、うーんと、大きく伸びをしました。

「どこが間違っているんだい？　たった一人の容疑者が消えちまったんだから、白紙に戻ったというべきじゃないのかね？」

「違うね。事態は、かなり良くなっているよ」

徳大寺は、湯舟の縁に腰を下して、私を見ました。その自信に満ちた顔を見ると、何となく、事件が解決しそうに思えてくるから不思議です。

「しかしねえ」と、私も、並んで腰を下し、自分で肩をもみながら、

「どう事態が良くなっているんだい？　N山の頂上に、パジャマ姿で殺されていた男のことは、何一つわかっていないんだぜ」

「ああ。その通りだ。だが、この宇滝温泉に、たまたま小野清一郎という変身願望の男がいたために、ねじ曲げられてしまっていた捜査が、正常に戻っただけでも、大変な進歩だよ。冷静に、この事件を直視すれば、何ということもない、平凡な事件だからね。解決へ持って行くのも、さして難しいことじゃない」

「平凡な事件だって？」と、私は、思わず、大きな声を出してしまいました。

「どこが平凡なんだい？　身元不明の死体が、パジャマ姿で、それも、標高一〇九六メートルの山頂に転がっていたんだぜ。前例のない奇妙な事件じゃないか」

「そうかねえ」

徳大寺は、相変らず、楽しそうにニヤニヤ笑っています。こんな時の徳大寺は、小憎らしくて仕方がありません。こちらが、いらいらすればするほど、徳大寺は、落着

き払って、こちらの狼狽ぶりを笑っているのです。もっとも、こちらが非才なために、妙にひがんでしまうのかも知れませんが。

徳大寺は、また、じゃぶじゃぶと、音を立てて、湯舟に身体を沈めてから、

「今、午前十時半だ。時間は十分にあるよ。それに、君は、やたらに奇妙な事件だと、奇妙さを強調するが、僕から見れば、面白くはあるが、そう奇妙だという気はしないねえ」

「なぜだ？」

「寝室で、パジャマ姿の男が殺されていたら、君は、奇妙だと思うかね？」

「いや。だがねえ。事件は、寝室で起きたんじゃなくて、山頂で起きているんだよ。君のは、詭弁《きべん》だ。それに、顔の右半分しか、ひげが剃ってなかったのは、どう解釈するのかね？」

「それだって、洗面所に、剃りかけの顔で死体が転がっていても、君は別に不思議な気がしないはずだよ。まあ、僕のいうことを聞きたまえ。君は、それも、詭弁というかも知れないが、こんな事件にぶつかった時必要なのは、まず、平凡な次元に引き戻して考えることだよ。そうすれば、奇妙さというベールに包まれているために、殊更、

難しく見えていたものが、ひどく簡単に見えてくるものだからね」

「しかし、現場は、標高一〇九六メートルだよ」

「そんなに、大声を出さなくても聞こえるよ。僕は、耳が遠いわけじゃないからね」

と、徳大寺は、肩をすくめてから、

「ただ単に、天国にちょっと近い場所に、死体があったというだけのことだよ」

「どうも、そういう文学的な表現は、おれは苦手なんだがね」

「背中の流しっこをしないか？」

「今はそんな気になれんよ。今日中に、事件を解決しなきゃならないからね。悪いが、先にあがらせて貰うよ。これから、もう一度、現場であるN山の頂上に行ってみる積りなんだ。多分、県警の連中も、来ると思うからね」

私が、さっさと上り湯をかぶって、出ようとすると、徳大寺は、相変らず、のんびりと湯舟の縁に腰を下したまま、

「事件は、もう半ば解決しているよ」

と、妙なことをいうのです。

私は、浴室のガラス戸を半ば開けた恰好で、思わず、立ち止ってしまいました。

「嘘じゃあるまいね？」

「寒いじゃないか」と、徳大寺は、笑いました。

「そこを閉めて、もう一度、お湯に浸らないか。風邪を引くぞ」

「君の言葉が本当なら、喜んで、もう一度どころか、何度でも、お湯に飛び込むよ」

「本当だよ」

「よし」

と、私は、ガラス戸を閉めました。とたんに、大きなくしゃみが出たのは、四月上旬とはいえ、この辺は、まだ、寒さが厳しいからでしょう。急に、寒くなって、私は、湯舟に飛び込みました。

「さあ、話してくれ。犯人は、どこの誰で、あの被害者は、なぜ、パジャマ姿で、あんな所で死んでいたんだ？」

「まあ、あわてずに、ゆっくり聞いてくれないか。僕にだって、犯人の名前までは、まだわかっていないよ」

「じゃあ、何がわかってるんだ？」

「今度の事件の筋書きさ。君や県警の人たちが、小野清一郎のことを調べている間に、僕は、自分の推理に従って、ここから、いろいろな場所へ電話をかけた。そして、自分の推理が正しかったとわかったんだ」

「もったいぶらずに、それを話してくれ」

「まず、パジャマのことから話そうか」

と、徳大寺は、湯舟の中で、長い足を組みました。

7

「君は、殺しておいてから、裸にしてパジャマを着せたと考えているようだが、その考えは、間違っていると思うね。裸にしている間に、死後硬直が始まるはずだから、パジャマを着せるのは難しいし、パジャマを着せる理由がわからない。と考えると、被害者は、最初から、パジャマを着ていたことになる。つまり、パジャマがふさわしい場所、寝室にいたということだよ。だから、事件は、寝室から始まったわけよ」

「どこの寝室だね？」

「それは、これから話していくよ。パジャマの次は、ひげだ。右半分だけを剃ってあるというのは、何か神秘的だが、難しく考えず、常識的に考えればいいんだよ。被害者は、パジャマを着て、寝室にいた。眠っていたか、起きていたかはわからない。彼は、急用が出来て、まず、顔を剃り始めた。多分、電気カミソリを使ったんだろうと思うね。もし、石鹸《せっけん》なり、シェービング・クリームを塗って、普通のカミソリを使ったんだとしたら、その痕跡《こんせき》が残っていて、注意深い君が、とっくに、気がついているはずだと思うからだよ。被害者は、パジャマ姿で、電気カミソリを使って、ひげを剃っていた。その時間は、死亡推定時刻が四月七日の午前三時から四時ということだから、それより前ということになる。右半分のひげを剃り終った時、犯人が背後から忍び寄って、いきなり殴りつけて、殺したんだ」

徳大寺は、自信満々な調子で、いいました。

「すると、被害者はどこかの家の中で殺されたというのか？」

「その通りだよ」

「しかしねえ、その死体が、なぜ、山の頂上に転がっていたんだ？」

「もちろん、運んだんだよ」

「どうやって？」

「低いといっても、千メートルの山だから、担いで運んだとは考えられない。第一、そんなことをすれば、パジャマに、木の葉などが、付着してなければならないが、そんなところはなかったんだろう？」

「ああ」

「それに、麓の村人に目撃される恐れがあるから、こんな手段は取らないはずだ。とすれば、残るのは、上からということになる。つまり、飛行機で運んで来て、落としたということだね。飛行機も、普通の飛行機じゃない。考えられるのは、ヘリコプターだ」

「ヘリコプターだって」

私は、思わず、ニヤニヤ笑ってしまいました。徳大寺は、眉《まゆ》をしかめて、

「僕が、何かおかしいことをいったかな？」

「おれは、こう見えても、警視庁捜査一課の刑事だぜ」

「そうらしいね」

「ヘリコプターをおれが考えなかったと思うのかね。ちゃんと考えたさ。だが、宿の主人夫婦も、村の人間も、四月七日の早朝、爆音を聞いていないんだ。小野清一郎も

だ。彼は前日に泊っているんだし、もし、ヘリコプターの爆音を聞いていれば、自分の無実を証明できるんだから、すぐ、いったはずだよ。それなのに、彼は、一言も口にしていないんだ」

「なるほどね。なかなか面白い。参考になるよ」

徳大寺は、相変らず、ニコニコ笑っています。が、私には、それが、なんだか負け惜しみのように見えました。どうやら、いつも鼻をあかされている徳大寺に、一矢報いられる機会が来たと、私は、いささか楽しくなって来たのです。

ところが、徳大寺は、そんな私の気持を見すかしたように、

「君の欠点を指摘しておこうか。着眼点がいいのに、簡単に、その推理を捨ててしまうことだよ。今度の事件が、その典型的な例だねえ。ヘリコプター以外に考えられないのに、爆音を聞いた者がいないというので、この推理を捨ててしまう。少し、せっかちに過ぎるんじゃないかね」

「お言葉ですがね。ヘリコプターは、グライダーみたいに、音もなく飛ぶというわけにはいかないんだよ」

「確かにね。だが、僕は、ヘリコプターによって、死体は運ばれ、N山の頂上に捨て

られたと確信している。だが、爆音を聞いた者が出て来ない。それを、君は、否定と受け取ったが、僕は違う。面白いといったのは、その点だよ。どうやら君は、負け惜しみと思ったらしいが違うんだ。ヘリコプターが、飛んだはずなのに、何故、爆音が聞こえなかったのだろうか。まず、この旅館の主人夫婦だが、耳が遠く、補聴器を使っている。ヘリコプターが、彼等の眠っている間に飛んだとすれば、爆音が聞こえなかったとしてもおかしくはない。寝る場合には、補聴器を外すだろうからね。次は、小野清一郎だ。彼の場合は、二つ考えられる。一つは、眠っていて聞こえなかったのではないかということ。もう一つは、川の音だよ。ほら、こうしていても、川の水の音が聞こえてくるじゃないか。僕は、昨夜、あまり川の音がするので、なかなか眠れなかったくらいだよ。だから、もし、小野が起きていたとしても、川の水音にさえぎられて、爆音が聞こえなかったということも、十分に考えられるんじゃないかね」

「じゃあ、N村の村人はどうなるんだ。ヘリコプターが飛んだのが早朝だとしても、全部が眠っていたとは思えないがね」

「だから面白いんだ。N村は、この宇滝旅館とは、山をはさんで反対側にある村だ。そこの村民が、一人も爆音を聞いていないということは、ヘリコプターが、N村とは反対側、つまり、この旅館の上空を飛んだことになる。だから、爆音が聞こえなかったんだよ」

徳大寺は落着いた声で続けます。私は、やっぱり、このマサイ族の戦士には、かなわないと思いました。彼の話が、理にかなっているからです。

「犯人は、最初、被害者をN山の頂上に捨てる気はなかったと思うね」と、徳大寺は、続けました。

「犯人は、N川に捨てたかったんだよ。この辺だと、N川は、両岸は岩石が並び、流れは早い。ここへ捨てれば、岩に頭をぶつけ、急流に流される。後頭部の打撲傷は目立たなくなって、自殺、他殺、事故死のいずれなのかわからなくなるからだよ」

「じゃあ、何故、N川に落とさず、N山の頂上に捨てたんだね？」

「間違えたのさ。犯人は、多分、この宇滝旅館の灯を目標にして飛んで来たんだと思う。そして、この灯の右か、左かがN川と覚えていた。ところが、勘違いして、逆の側に捨ててしまったのさ。それで、N山の頂上の草むらに、パジャマ姿の死体を捨ててしまったわけだよ。山頂では、草むらが、マットの役目をして、死体を損わずにすんだ。面白い事件にはなったが、犯人にしたら、ミスを犯したわけだよ。もし、川に落下して、死体が傷だらけになっていたら、僕も、こんなに楽に推理できなかったろうね」

「君のいう通りだとしてだな。何故、犯人は、死体を落とす場所を間違えたのかね？　大事なことなのに」

「多分、犯人は、いつも飛ぶのと、逆の方向に飛んだんだろうね。川は、宇滝旅館の右と思い込んでいたのに、四月七日は、たまたま、逆方向から飛んで来たので、山へ落としてしまったということだよ」

「しかし、ヘリコプターは、関東地方だけでも、一機や二機じゃないぜ。それに、死体を運ぶのに、届けて飛ぶはずがないから、飛行記録でチェックしていくわけにもいかん。君の推理が正しいとしても、肝心のヘリコプターを見つけるのが、難しいんじゃないかね？」

「大丈夫。もう見つけてあるよ」

「何だって？」

またもや、私は、呆然《ぼうぜん》としてしまったのです。

8

「簡単な消去法だよ」

　と、徳大寺は、ニコニコ笑いながらいいました。私は、黙って、彼の話を聞くだけです。

「京浜地区に犯人がいたのなら、こんな山奥までヘリコプターを飛ばさずに、海へ、死体を捨てるに決っている。また、N川以外に、適当な川が近くにあれば、危険を犯して、N川へ捨てようとは考えないだろう。まだ、暗い中に、ヘリコプターを飛ばす場合には、よく知った地形の上空でなければ、危険だからね。と、考えてくると、このヘリコプターは、N川周辺から飛んで来たことになる。それも、N村の方角からではない。と、なれば、場所は、かなり限定されてくるわけだ。ところで、この辺りで、ヘリコプターがあるとすれば、いったい、どんなところだろうか？」

「まず自衛隊だね」

「そう。自衛隊なら、ヘリコプターは持っている。しかし、この辺りに、自衛隊の駐

屯地はないし、もしあったとしても、自衛隊の場合、勝手に、私用でヘリコプターを飛ばすことは、まず、不可能だ」

「次に考えられるのは、大きなコンビナートだね。連絡用や、事故の監視用にヘリコプターを持っている可能性があるが、この辺りに、コンビナートはないな。この辺りには、温泉旅館やホテルがあるが、ヘリコプターがあるホテル、旅館というのは、聞いたことがない。この近くには、ヘリコプターはいないんじゃないかね？」

私が、頭をひねると、徳大寺は、「あるよ」といいました。

「この辺りには、温泉もあるが、農家が多い。今の農家は、人手が足りないので、種まきや、肥料の撒布《さんぷ》、除草剤の撒布に、ヘリコプターを頼む場合が多いんだよ。また、それを見込んで、それ専門のヘリコプター会社が出来ているんだね。操縦士二人ぐらいで、ヘリコプター一機という小さな会社さ。僕は、それに狙《ねら》いをつけて、調べてみた。電話帳で捜して、片っ端から電話してみたのだ。もちろん、事件で調べているのを見破られるようなヘマなことはしない。その結果、一つの会社が浮び上って来た。黒磯市の郊外で、三年前から営業を始めている『千田《せんだ》農薬』という会社があるんだよ。ヘリコプターを使って、種まきから、農薬の撒布までやる会社だ。興味があることに、

四月六日、七日の両日は、仕事で、ヘリコプターと操縦士が、K村に来ているんだ。K村というのは、地図で見るとわかるが、N川の上流にある村でね。しかも、この会社の社長千田豊造《とよぞう》四十二歳が、行方《ゆくえ》不明になっているそうだ」

私は、徳大寺の話を聞き終ると、風呂場から飛び出していました。帳場の電話にかじり付き、黒磯署の捜査本部に連絡したのはいうまでもありません。

その結果、いつもの通り、徳大寺京介の推理の正しさが、証明されたのです。

千田農薬は、社長の千田豊造、妻の糸子《いとこ》、それに親戚《しんせき》の田口秀一《たぐちしゅういち》、女事務員の鈴村由利子《すずむらゆりこ》の四人でやっている小さな会社です。ヘリコプター一機。四十二歳の千田豊造と三十歳の田口秀一が、操縦士で、最近は、農家の人手不足から仕事がふえ、かなりの収益をあげていたといいます。

黒磯署の刑事が、千田豊造の顔写真を取り寄せたところ、パジャマ姿で死んでいた被害者に間違いないことがわかり、四月六日から七日にかけて、K村に、千田と一緒に、仕事で飛んでいた田口秀一を逮捕して、取調べました。

最初、田口は、次のように主張したそうです。

社長の千田と、K村に一緒に来たことは認める。K村での仕事が三日間続くので、草むらにヘリコプターを置き、テントを張って三日間を過ごすことにした。ところが、二日目の朝、眼を覚ますと、社長の千田豊造の姿が消えていた。あわてて、ヘリコプターで、K村の周辺を捜したが、見つからず、ずっと心配していたのだと。しかし、県警の刑事が、追及していくと、夕方になって、とうとう、殺しを自供したと、井上刑事が、電話で、私に知らせてくれました。

田口の自供によると、彼は、経理にくわしいので、社長の千田から会社の経理を委《まか》されていたのをいいことに、五百万円近い使い込みをしていたというのです。四月六日に、田口は、社長と一緒に、ヘリコプターでK村に行き、テントの中で酒を飲んでいるとき、つい、うっかり、使い込みを匂わせるようなことを口にしてしまったのです。社長の千田は、気付かないような様子でしたが、眠りについたあと、午前三時頃、ふと田口が眼をさますと、千田が、パジャマ姿で起き上り、電気カミソリで、ヒゲを当っていたのです。何をしているのかと、田口がきくと、仕事の前に、ちょっと、黒磯の会社に戻って、帳簿を調べてくるといったというのです。調べられたら、いやでも五百万円の使い込みが、バレてしまう。そこで、近くにあったスパナで、ひげ剃り中の千田を殴り殺してしまったのです。困ったのは、死体の処理です。そこで、田口

は、徳大寺の推理した様に、パジャマ姿の死体をヘリコプターに積み込み、N川に捨てることを考えたのです。死体は岩石にぶつかり、急流に流され、後頭部の打撲傷もわからなくなってしまい、ただの不可解な死になってしまうだろうと、思ったそうです。田口は、まだ、夜の明けぬ中に、死体を積み込み、出発しました。まだ地上は、夜の闇《やみ》に包まれています。田口は、一度行ったことのある宇滝旅館を目標にして飛んだのですが、やはり、狼狽が続いていたのでしょう。宇滝旅館の灯が見えたとき、会社のある黒磯から飛んで来たのだと勘違いしてしまったのです。黒磯から来れば、川は、宇滝旅館の右側です。そう思って、死体を捨てたが、実際には、N山の頂上の草むらに落下してしまったというわけです。

奇妙な殺人事件は、かくて解決しました。おかげで、私は、心置きなく東京へ帰ることになったのですが、徳大寺は、もう一日、この旅館に泊るというのです。

「図書館通いは、本当に止めちゃったらしいな」

と、私が、いうと、徳大寺は、手拭《てぬぐい》を持って立ち上り、

「湯舟に浸って、痴呆《ちほう》みたいになっていたいんだよ」

と、いい残して、彼の長身は、薄暗い渡り廊下に消えて行きました。

三十億円の期待

1

エスカレーターで、スタンド最上部にあるゴンドラ席に向かいながら、私は腕時計に眼《め》をやった。

今日の第9レース、第×回日本ダービーの発走まであと二十分。朝からの雨はまだ激しく降り続いている。私が観客の一人なら波乱含みの重馬場《おもばば》は歓迎したかも知れないが、あいにく審判部で働く私には有難くない天候だ。コースの見透しが悪くなるし、不測の事故が起こりやすいからである。

ゴンドラ室に入ると、裁決委員のお偉方《えらがた》三人は、何やら笑いながらコーヒーを飲んでいた。どういうわけか、この三人のご老人は揃《そろ》って見事な禿頭《はげあたま》で、つるつるした頭が三つ並んでいるのを見ると、いつも可笑《おか》しさがこみあげてしまう。

私は、自分の席に腰を下ろした。私の席にもコーヒーが運ばれていたが、もう生ぬるくなってしまっていた。

私が双眼鏡《そうがんきょう》を手に取ると、隣に坐《すわ》った同僚の島田が、

「どうだった？」

と、きいた。「ひどいね」と私はいった。「予想以上にコースは荒れているよ。特に第一コーナーのところが、ぐしゃぐしゃになっている」

ゴンドラ室から見おろしたのでは、コースの荒れははっきりわからないが、下におりて実際に見ると、芝コースのところどころに水が溜《たま》っていた。

馬場では、出走馬が向こう正面あたりで軽く試走していた。双眼鏡で見ると、小さく水しぶきが上がるのが見える。雨にもかかわらず、場内は十数万の観客で埋めつくされ、それがときどき、言葉にならないどよめきをあげていた。今朝は、開門一時間前から千人を超す人々が並んでいて、そのために三十分早く門を開けなければならなかった。売り上げも、このレースだけで六十億円近い。競馬の吸引力は底が知れない感じだが、それだけに私は、何か事故が起きたときの反動が恐ろしかった。

「何も起こりゃしないよ」

島田は、私の心配を簡単に笑い飛ばした。

「おれは波乱のないレース展開になるだろうと読んでるんだ。本命シロツバキ、対抗ケンタッキーとも重馬場に強いからね。②—⑤で堅いよ。それでも五百円ぐらいつくんじゃないかな」

「トータリゼーターだと五百三十円だ。②―⑤を買ったのか?」

「特券三枚。君は?」

「買わなかった」

と、私はいった。法律で中央競馬会の職員は馬券を買ってはいけないことになっている。しかし、私が買わなかったのはそのためではない。職員が馬券を買うことは半ば黙認されていたし、私自身も他のレースで何回か買ったことがある。

ただ、今度のダービーには、何か不吉な予感みたいなものがあって、買わなかったのである。確かに、島田のいったように、本命のシロツバキも対抗馬のケンタッキーも雨に強い。スポーツ新聞や競馬の専門紙も、『雨が予想され、シロツバキ株更に上昇。ケンタッキーも有望』と書き立てていた。連勝の予想の第一に②―⑤をあげていた。

だが、私が心配なのは、今度のダービーの出走馬が二十八頭と多いことだった。それが不吉な予感に連なってくるのである。その上、この雨である。コースはぐしゃぐしゃになっているが均一に荒れているわけではない。芝のよくついているところは、比較的走りやすい。私が見たところでは、芝がよくついているのはコースの中央だ。内と外は芝が剝《は》がれて水溜《みずたま》りができている。となれば、スタートと同時に、二十八頭が一斉に好位置を占めようとして、内と外から中央に寄ってくるのは眼《め》に見えている。馬と馬とがぶつかり合い、その結果事故が起きるのではないか。それが私には怖《こわ》かった。

時間が迫ってきて、スターティング・ゲートに馬が入りはじめた。大人《おとな》しくゲートに入る馬もあれば、係員を手こずらせる馬もいる。足の先端が四本とも白い馬が、なかなかゲートに入ろうとしない。本命のシロツバキだ。四本とも足が白い馬は勝てないというジンクスは、昭和十四年にクモハタがダービーに優勝したことで破られたが、それでも、私の眼には何か、その白さが不安だった。

シロツバキのワク順は、まん中の十四番になっている。スタートが上手《うま》くないと、内と外から包み込まれてしまうだろう。

やっとシロツバキがゲート・インした。観衆が歓声をあげる。スタート。二十八頭の馬が一斉に第一コーナーに向かって殺到する。シロツバキが一瞬出おくれた。佐々木騎手の桃色《ピンク》の帽子が、他の騎手のかげになって見えなくなった。

私は、なぜかそのとき、シロツバキだけを双眼鏡で追っていた。

第一コーナー。シロツバキが前を走るフジニシキにぶつかったように見えた。わあっと悲鳴に似た叫び声があがった。白い四本の優雅な足が宙に舞うのが見えた。転倒だ。佐々木騎手の小さな身体《からだ》が、ぐしゃぐしゃの馬場に叩《たた》きつけられた。

本命が落馬したのだ。

2

一瞬の悪夢としか見えなかった。

レースのほうは、何事もなかったように進行し、先頭はすでに向こう正面にかかっていた。私は、第一コーナーに双眼鏡を向けたままでいた。異様などよめきはまだ続いている。転倒したシロツバキは起き上がったが、右前足を負傷したらしく、片足を引きずりながらゆっくり第二コーナーのほうへ走り出した。佐々木騎手のほうは、すぐ立ち上がったが、泥だらけのジョッキー服のまま、暫《しばら》くの間は呆然《ぼうぜん》とその場に立ちすくんでいた。

三人の裁決委員は、やや蒼《あお》ざめた顔を見合わせてから、私たちに向かって、

「進路妨害はなかったようだね？」

と、確認とも質問ともつかない口調で声をかけた。

「ありません」

と、私はいった。

「シロッバキのほうから、前へ抜けようとしてフジニシキにぶつかって転倒したんですから失格馬は出ないでしょう」

「じゃあ、レースは成立だ」

裁決委員の一人が、ほっとした表情でいった。他《ほか》の二人も、同じようにほっとした顔になっていたが、その中の一人が、「望月君《もちづき》」と私を見た。

「佐々木騎手に、あとで裁決室へくるようにいってくれ給え」

「伝えます」

と、私は椅子《いす》から立ち上がった。佐々木騎手の姿はもうコースから消え、一方、第四コーナーからは、二十七頭の馬が、水しぶきをあげながらゴールに向かって殺到してきていた。新しい歓声がまた湧《わ》きあがった。先頭は二番人気のケンタッキーだった

が、私は、その結果を見る前にゴンドラ室を出た。私には、レースの結果より佐々木騎手のほうが心配だった。いや、このいい方は正確ではない。佐々木騎手がというより、本命が落馬したことが不安だったといったほうが正確だった。

裁決委員は、進路妨害はなかったから失格馬は出ないと、ほっとしていたが、私は、本命落馬という事態に、十数万の観客が騒ぎ出さないかと、それが心配なのだ。

ちょっと計算してみるがいい。このレースだけで売り上げは六十億円近い。そのうち、連勝複式でシロツバキに関係のある①—⑤、②—⑤、③—⑤、④—⑤といった五ワクがらみの馬券、それに単勝式でシロツバキに賭《か》けた馬券は、シロツバキが本命だっただけに総売り上げの半分近い、およそ三十億円という大金が、シロツバキが勝つという期待に賭けられたのだ。その期待が、第一コーナーでシロツバキが転倒した瞬間消し飛んでしまったのである。それでも観客は騒ぎ出さないだろうか。佐々木騎手が一人八百長《やおちょう》をしたと。

私が階下におりたとき、また大きな歓声が聞こえた。レースが終ったらしい。私の横を、中年の男が「②—⑧だっ」と叫びながら小走りに通り抜けていった。やはり一着には二番人気のケンタッキーが入り、二番には外ワクのキミヒカルかダイゼンが入ったらしい。

私は、薄暗いコンクリートに囲まれたトンネルのような廊下を歩きながら、スタンドの気配に耳をすませていた。観客の怒号は聞こえなかった。私は少し安心した。観客も、あの落馬を偶然の止《や》むを得ない事故と認めてくれたのだろうか。

佐々木騎手は、検量室にいた。がらんとした部屋のベンチに、佐々木騎手は放心した表情で腰を下ろしていた。顔にも服にも泥がついたままだった。その前を、調教師の吉村が苦虫をかみつぶしたような顔で歩き回っていた。

私は、すぐに声をかけるのがはばかられて、少しの間、二人を見守っていた。私は佐々木という騎手が好きだった。若くて優秀な騎手だが、不運につきまとわれているようなところがある。その悲劇性が好きなのだ。今度のダービーも、シロツバキで絶対だと思われていたのに落馬してしまった。あるファンが、こんなことをいっていたのを私は覚えている。この馬では勝てないとわかっていても、佐々木に賭《か》けてしまう。あの男にはそんな不思議な魅力がある、と。

「佐々木さん」

と、私は声をかけた。

彼が顔をあげて私を見た。泣いているような顔だった。

「あとで裁決室にきて欲しい」

私の言葉に、佐々木騎手が黙って頷《うなず》いたとき、新聞記者がなだれ込んできて、あっという間に彼と調教師を取り囲んでしまった。

「落馬の原因は？」

「シロツバキのケガの程度は？」

かみつくような記者たちの質問を聞きながら、私は検量室を出た。

3

翌日の新聞は、ケンタッキーの勝利を書き立てると同時に、本命シロツバキの落馬も大々的に記事にした。

〈無残、本命シロツバキは落馬〉

という書き方から、

〈シロツバキの落馬は、フルゲートの犠牲〉

と、二十八頭という大量の出走数を批判する書き方までさまざまだったが、流石《さすが》に、八百長《やおちょう》ではないかと勘ぐる記事だけはなかった。私は、そのことに、佐々木騎手のためにほっとするのを感じた。優秀な騎手を一番参らせるのが、そうした臆測《おくそく》記事だからである。もちろん、競馬会の内部でも、そうした暗い噂《うわさ》は生れなかったし、落馬は不運の二字で片づけられたようにみえた。

次の「K新聞杯記念レース」に、佐々木騎手は、ブラウンエイジに乗ることになった。

ブラウンエイジは本命ではなかったが、新聞の予想には△印がいくつもついていた。体調も良いということだった。

私は、このレースのときも、ゴンドラ室で双眼鏡をのぞいていたが、スタートのとき、佐々木騎手に焦点を合わせた。彼が、ダービーの落馬から、どれくらい立ち直っているか気になったからである。朝からいい天気で、良馬場だった。そのことが私を安心させた。これなら、佐々木騎手は、走っている間にダービーでの事故を思い出すこともないだろう。

「おれは、ブラウンエイジを買ったよ」

と、島田が私の耳元でいった。

「佐々木が、ダービーの雪辱を期して、無茶苦茶に飛ばすに違いないからね」

私も、佐々木騎手が勝って欲しいと思った。

ゲートが開いて九頭が一斉にスタートした。内ワクのブラウンエイジは三位という絶好の位置につけて第一コーナーへ。だが、そこでまた、ダービーの悪夢が再現されたのである。

コーナーで内に寄りすぎたブラウンエイジが、内柵《うちさく》に触れたと思った瞬間、バランスを失った馬が前に崩れ、佐々木騎手は、跳ね上がるように馬場に落ちた。私は、思わず「あっ」と声をあげていた。馬はすぐ起き上がったが、佐々木騎手は暫《しばら》くの間芝生に横たわったままだった。二、三分してのろのろと立ち上がったが、柵をくぐって内馬場に入ると、その場に坐《すわ》り込んでしまうのが見えた。

「またか」

と、私の隣で島田が舌打ちをした。

「これはちょっと問題になるぞ」

「そうだな」

と、私も暗い気持で頷《うなず》いた。双眼鏡で見ていた限りでは、二度とも偶然の事故としか考えられない。だが、そう見ない人間もいるだろうし、変な噂《うわさ》が立つのは避けられないだろうと思った。

レースは、本命のミネライトも着外に落ちて、連勝複式で三千五百円の高配当になったが、裁決委員たちは、佐々木騎手の落馬に渋い顔だった。

「望月君」

と、委員の一人が私を見た。「わかっています」と私は先回りしていった。「佐々木騎手に、後で裁決室へ来るように伝えます」

その日のレースが終ってから、佐々木騎手は一時間近く裁決室へ止められていた。どんな話があったか私は立ち会ったわけではないからわからないが、単なる事情聴取だけでなかったことは想像がつく。油をしぼられたろうし、もう一度同じような落馬事故を起こせば、短期間の出場停止処分にするぐらいの警告はされたかも知れない。私のこの想像を裏書きするように、裁決室を出てきたときの佐々木騎手は、蒼白《そうはく》な顔で唇を嚙《か》みしめていた。

私は翌日の新聞が心配だった。が、幸い、スポーツ新聞にも競馬専門紙にも、八百《やお》長《ちょう》を臭《にお》わせるような記事はなかった。私はほっとした。次のレースでいい成績をあげてくれれば、佐々木騎手の信用も回復するだろう。
だが、二週間後の日曜日に行なわれたレースで、佐々木騎手は三度目の事故を起こ
してしまった。

落馬ではなかったが、事態はそれ以上に悪かった。

その日の第10レース、出走馬十一頭のサラ系四歳馬レースだった。佐々木騎手の乗るホマレライトは二番人気で、ワク順は大外《おおそと》の十一番だった。私は、最初、ホマレライトが大外に回ったことを喜んだ。ダービーのときも、K新聞杯のときも、佐々木騎手は包み込まれて落馬したからである。大外ならその危険はまずないだろう。


「今日もホマレライトを買ったのかい」

発走前に島田にきくと、彼は「いや」と、苦笑した。

「ホマレライトはオミットしたよ。二度あることは三度あるというからね」

「佐々木騎手がまた落馬事故を起こすと思うのか？」

「まあね。落馬はしないかも知れないが、ホマレライトは絶対着に入れないよ」

「なぜ？　この間は、佐々木騎手が雪辱を期してがんばると予想したんじゃない

か？」

「K新聞杯のときは、朝会ったら眼がキラキラ光っていたんだ。結果は落馬しちまったがね。今朝も会ったんだが、全然元気がないんだ。なんだかビクビクしてたよ。あれじゃ勝てないね。だから買わなかったのさ」

「ビクビクか――」

私は、スターティング・ゲートに眼をやった。が、双眼鏡でも佐々木騎手の顔色まではわからなかった。

スタートと同時に、各馬が有利な位置を占めようとして一斉に内ワクに寄って行く。だが、大外のホマレライトだけは内に寄らなかった。

（用心してるな）

と、私は思った。別ないい方をすれば、弱気になっているのだが、二度も続けて事故を起こしているのだから仕方がないだろう。大外を通れば、当然コーナーで遅れるが、佐々木騎手は追込み型だし、ホマレライトという馬も追込みに強いから何とかするだろうと私は見ていた。

第一コーナーへ、ホマレライトだけがやや離れて入った。が、そこで、ホマレライトが、ふいに棒立ちになってしまったのである。私は、その直前、佐々木騎手が、手綱を強く引っぱったのをはっきりと見た。彼は、振り落とされそうになり、危うく体勢を立て直したが、そのときには、他の集団から二十馬身近く遅れてしまっていた。

その後、ホマレライトは必死に追いあげたが、ゴールまで二十馬身の差は縮まらず最下位になってしまった。

当然、観客は八百長《やおちょう》だと騒ぎ出した。弁解の余地がなかった。あれだけ明《あか》らさまに馬を押さえてしまっては、一人八百長といわれても仕方がない。結局、ホマレライトに絡む馬券を買った人には全《すべ》て払い戻すということで事態を収拾した。

その日、レースが終ってから、私は、裁決室に呼ばれた。

4

「佐々木騎手のことで、内密で君に調べて貰《もら》いたいのだ」

と、裁決委員の一人が私にいった。

「しかし、事情は本人から聞かれたんでしょう？」

私がきき返すと、「ああ」と、相手は難しい顔で頷《うなず》いた。

「本人は、第一コーナーで、ホマレライトが急に棒立ちになってしまったというのだ」

「それは嘘《うそ》ですよ。佐々木騎手が、強く手綱を引っぱったから馬が急に棒立ちになったんです。はっきり見ました」

「私もそう見たよ。だが、本人は頑として馬が急に暴れたと主張して譲らないのだ」

「しかし、ホマレライトは大人《おとな》しい馬で、レース中に暴れるなんてことはなかった筈《はず》ですが」

「そのとおりだよ。だから君に調べて貰いたいのだ。もし、佐々木騎手がノミ屋と関係していて、八百長をやったのだとしたら大変なことだからね」

「前の落馬も臭いんじゃないかという噂《うわさ》まで出はじめているんだ」

と、もう一人の委員が、苦々しげに口を添えた。

「わかりました」

と、私はいった。私は佐々木騎手が八百長をやったとは思わなかった。彼は優秀なジョッキーだ。もし八百長をやる気なら、あんな誰《だれ》の眼にもはっきりわかるような押さえ方をする筈がないと思うからである。だが、なぜあんなことになったのか、その理由は知りたかった。

私が部屋を出ようとすると、委員の一人が追いかけてきて、

「絶対に内密にな。騎手や調教師たちを下手《へた》に刺戟《しげき》したくないからね」

と、念を押した。前から、審判部と騎手や調教師の間はあまりシックリしていなかったから、委員の心配も納得できた。

翌日の新聞は大変だった。第10レースの八百長騒ぎを大見出しで書き立てていた。ただ、八百長の下に「?」をつけた記事が多かったのは、記者たちの眼にも、八百長にしては余りにもやり方が下手すぎると映ったのだろう。

中央競馬会としては、佐々木騎手の処分は調査の上でと発表していた。つまり私の調査待ちということらしい。

平日は、次のレースに備えて調教に忙しいものだが、馬場へ行っても、佐々木騎手の姿はなかった。当然かも知れない。処分は調査を待ってといっても、これだけ騒がれてしまった騎手を、次のレースで、きゅう舎のほうで乗せる筈がなかったからである。

私は、夕方になってから、佐々木騎手のアパートに回ってみた。彼はまだ独身だった。四谷の鉄筋アパートに住んでいたが、留守だった。翌日も、同じ時間に訪ねてみたが、ドアに鍵《かぎ》が掛かっていた。

「何処《どこ》に行ったかわかりませんか？」

と、管理人にきいてみると、

「きっと飲みに行ったんですよ」

と、中年の女は、眉《まゆ》を寄せた。昨夜も、十二時近くに泥酔して帰ってきて、廊下に吐いたのだという。

「店の名前はわかりませんか？」

私がきくと、相手は、「さあ」とくびをかしげてから、昨夜、酔っぱらった佐々木騎手が廊下に落としたマッチを見せてくれた。『バー・ジョッキー』と印刷してあった。同じ店に続けて行くかどうかわからなかったが、とにかくその店に行ってみることにした。

『ジョッキー』という店は、新宿歌舞伎町《かぶきちょう》にあった。小さなバーで、入口の扉に馬の蹄鉄《ていてつ》が飾りつけてあった。

中へ入ると、壁には、五冠馬のシンザンの写真や、ゴール直前のせり合いの写真などがベタベタと貼《は》ってあった。ジョッキー服を着たホステスが私を迎え入れた。私は、カウンターに腰を下ろし、水割りを頼んでから店の中を見回した。

佐々木騎手はいた。奥のボックスで、ひとりでぽつんと飲んでいる。私は、グラスを手に持って近寄った。

「やあ」

と、私が、前に腰を下ろすと、佐々木騎手は、蒼白《あおじろ》い顔をあげて私を見た。悪酔いしている顔だった。私は、偶然この店にきた風によそおって、彼と飲むことにした。レースのことにも触れなかった。佐々木騎手は、格別私を歓迎しているようにも見えなかったが、同席を拒否もしなかった。私たちは、ほとんど黙って飲み合い、佐々木騎手は酔い潰《つぶ》れてしまった。

私は、正体のなくなった彼を、四谷のアパートへ送り届けることにした。タクシーに乗せてからも、アパートに着いてからも、彼は何か口の中でブツブツ呟《つぶや》いていたが、耳を寄せても、はっきりした言葉には聞こえなかった。

彼の部屋は、六畳とダイニングキッチンのついた、いわゆる１ＤＫだった。まずベッドに彼を寝かせてから、私は、ゆっくりと室内を見回した。バスもついているが、人気ジョッキーの部屋としては質素なほうだと思った。

もし、彼が、ノミ屋から金を受け取って八百長《やおちょう》をしたのだとしたら、もっと豪勢な生活をしているのではないか。そう考えながらも、私は、私立探偵のような眼で、部屋の中を調べはじめた。ノミ屋や暴力団との関係を立証するようなものが見つかったら、それを裁決委員に報告するのが私の役目だった。このときの私の気持はうまく説明できない。見つからないで欲しいと一方で思いながら、自分が劇的な告発者になりたいような気持も皆無《かいむ》ではなかった。

最初に机の引出しを調べてみた。

サインペンやセロテープや、例の芸術写真や、貯金通帳が雑然と放り込んである。貯金通帳には五十万ほどの金額が記入されてあったが、独身の若者らしく一万、二万の出し入れが繰り返されていて、八百長を臭《にお》わすような高額の数字は見つからなかった。

机の下にあったボール箱もあけてみた。そこには手紙がつまっていた。暑中見舞いや年賀の葉書が大部分で、著名な芸能人の名前があるのも、人気ジョッキーらしかった。もちろんファンレターもあったし、若い女性からと思われるラブレターも混じっていた。そうした手紙を一つ一つ調べて行くうちに、差出人の名前のない封書が出てきた。しかも五通である。筆跡から同じ人間からのものだと考えられた。

私は、日付の古いものから中を調べてみた。最初の封筒は、消印がダービー翌日になっていた。

中身は便箋《びんせん》が一枚。それにあまりうまくない字で次のように書いてあった。

〈お前が勝つのを期待して、三十億円ものお金が賭《か》けられたのだ。それなのに、お前はあんなヘマなことをやってファンの期待を裏切った。お前は三十億円を盗んだのと同じだ〉

二通目から五通目までは、ほとんど二日か三日おきに出されていた。中身は同じ白っぽい便箋だったが、大きな字で短く書かれていた。

〈三十億円ドロボウ〉

〈八百長騎手恥を知るがいい〉

〈インチキレースは止《や》めろ〉

〈お前みたいなドロボウは死んでしまえ〉

私は、封書を元に戻してから、ベッドに眼をやった。佐々木騎手は正体なく眠り続けている。

騎手が脅迫めいた手紙を受け取ることは、そう珍しいことではない。なけなしの金を賭けた騎手が惨敗すれば、文句の一つもいいたくなるのが人情というものだろう。ただ、この手紙の主は少し執拗《しつよう》すぎる感じがする。よっぽど大金をあのダービーで損したのか、それとも、何か個人的な恨みがあるのだろうか。

ふいに、佐々木騎手が低い呻《うめ》き声をあげた。夢にうなされたらしい。私は腕時計に眼をやった。もう午前一時を過ぎていた。タクシーを拾えば帰れたが、私はここに泊まり込むことにして壁に背中をもたせかけた。あの脅迫状が、落馬や八百長めいた出来事の原因なのだろうか。

佐々木騎手が、どちらかといえば神経質な性格だということは知っていた。しかし、脅迫や悪口に慣れている筈《はず》の彼が、少し執拗な脅迫というだけで、それに神経を昂《たかぶ》らせ、落馬を続けたり、第一コーナーであんな押さえ方をしたとは思えなかった。

午前二時頃《ごろ》、梅雨《つゆ》入りを宣言するような雷雨があり、それから私は眠った。夢の中で、私は八百長で佐々木騎手を告発していた。

5

肩をこづかれて眼をさまし、私は、夢の続きを見ているようなぼんやりした眼で、佐々木騎手を見あげた。彼は、蒼《あお》い二日酔いの顔で、私をのぞき込んで、

「あんたは、なぜここにいるんだ？」

「昨日新宿で二人で飲んで、あんたが酔い潰《つぶ》れちまったもんだから送ってきたんだ。覚えていないのか？」

「悪いことをしちゃったな」

佐々木騎手は、すまなそうにいった。私は、ちょっと迷ってから、

「なぜ、あんなことをしたんだい？」

と、ズバリときいてみた。佐々木騎手は、すぐには返事をせずに、水道の水をがぶ飲みしてから、朱《あか》い充血した眼でふり向いた。

「あんなことって、レースのことか？」

「そうだ。僕には、あんたが八百長をしたなんてどうしても信じられないんだ」

「八百長なんかした覚えはない」

「じゃあ、なぜ、落馬が続いたり、あんな妙な押さえ方をしたりしたんだ」

「お偉方《えらがた》には、偶然の事故だといっておいたよ」

「ということは、本当は違うということだね？」

「――――」

「正直に話してくれないか。あんたの力になりたいんだ。このままだと、あんたは出場停止処分を受ける。そんな目にあわせたくないんだ」

「もう受けたも同じことさ。調教師の吉村さんが、次のレースは休めといったからね。つまり、変な噂《うわさ》の立ったおれを乗せる馬はいないということさ」

佐々木騎手の顔に自嘲《じちょう》が浮かんだ。「それなら余計、事実を明らかにすべきじゃないか」と、私は声を励まして相手を見つめた。佐々木騎手の顔に、ためらいの色が浮

かび、それはかなり長い時間消えなかったが、ふいに強い眼になって、

「あんたに見て貰《もら》いたいものがある」

と、いった。彼は、あの脅迫状を私に見せた。私ははじめて見るような顔をして、それをもう一度読んだ。

「ダービーで落ちてから、その手紙がきはじめたんだ。あのときの落馬は本当の偶然だった」

「すると、二度目の落馬と、この間、ホマレライトを押さえたのは、偶然じゃないというのかい？」

「そうだ。原因はその脅迫状なんだ」

「ちょっと待ってくれ」

私は、くびをかしげ、疑問を正直に相手にぶつけた。

「この程度の脅迫状なんか、慣れっこになってるんじゃないのか？　レースに負ければ、いやがらせの手紙の一通や二通はくるだろう？」

「レースに勝ってもくるさ。おれが負ければ大穴を当てられたという競馬ファンからね」

「それならなぜ、この脅迫状で、あんたみたいに優秀なジョッキーが、つまらない事故を起こしたんだ？　ビクついたわけじゃないだろう？」

「最初は平気だった。だが、脅迫状の主がわかったとき事情が変った」

「誰だ？　ヤクザか？」

「もっと悪い」

佐々木騎手の顔が歪《ゆが》んだ。

「おれの仲間の一人なんだ」

「仲間というとジョッキーの？」

「そうだ」

「まさか――」

私は、呆然《ぼうぜん》として相手の顔を見つめた。信じられなかった。というより、馬鹿《ばか》げていた。騎手の間にライバル意識のあるのは当然だが、脅迫状というような陰湿な手段をとるような人間がいるとは思えなかった。

「K新聞杯のときだ――」

と、佐々木騎手が、当惑している私に説明した。

「おれは、ダービーの失敗を取り返そうとして必死だった。ブラウンエイジも体調が良かったし、内ワクを引いたときは勝てると思った。おれは、内柵《うちさく》すれすれに第一コーナーに突っ込んで行った。そのとき、誰かが怒鳴ったんだ。三十億円ドロボウってね。はッとした途端に、おれは手綱さばきを誤って柵に馬をぶつけてしまったんだ。次のレースのときも同じだよ。おれは、このときは用心して大外《おおそと》から行こうとした。第一コーナーへ入ったとき、前の出来事がいやでも頭に浮かんだ。それで気構えたとき、また、誰かが怒鳴ったんだ。八百長ジョッキー死んじまえとだ。かッとした瞬間、おれは思わず手綱を強く引いてしまったんだ。だから馬が棒立ちになった」

「本当なのか」

「嘘《うそ》じゃない。あのとき、おれのまわりにいたのは仲間だけだ。だから、仲間の誰かが叫んだと考えるより仕方がないじゃないか。しかも、脅迫状の言葉と同じことを怒鳴ったんだ。そうなれば、結論は自然に出てくるだろう？」

佐々木騎手が嘘をついているとは思えなかった。が、私には、まだ彼の話が信じられなかった。レース中に不必要な大声を出すことは禁じられているが、作戦として、ベテラン騎手が、「危ないぞっ」とか「落ちるぞっ」と声をかけて新人を牽制《けんせい》することのあるのも私は知っている。だが、今の佐々木騎手の話は少し異常だった。作戦として叫んだとしても、八百長というジョッキー仲間の禁句を口にするというのは、どういう神経だろうか。

「相手が誰か見当はつかないのか?」

私がきくと、佐々木騎手はくびを横にふった。

「おれは、前のレースの雪辱ばかり考えていたからな。そこへいきなりいわれたんだから、怒鳴ったのが誰なのかわからん」

「しかし、犯人は、二つのレースの両方に出ている騎手ということにはなるだろう?」

「それはおれも考えたさ。K新聞杯とサラ系四歳の両方に出ているのは、今井と八木田の二人だ。だから二人のうちのどちらかだと思うんだが、おれにはわからないんだ。仲間に裏切られるなんて考えたこともなかったからな」

佐々木騎手は、暗い眼で私を見た。

6

私は、その足で競馬場へ回った。レースのない日の競馬場は、何処《どこ》か間が抜けているが、同時に自然を取り戻したようにゆったりとしている。私は、どちらかといえば、レースのない日の競馬場のほうが好きだ。佐々木騎手のいやな話を聞いた後では、特にそれを感じる。だが、そのいやな仕事を続けなければならない。

私は、馬場へ出てみた。

次のレースに備えて、各馬が追い切りの最中だった。調教も、レース直前になると熱っぽくなってくる。私は、がらんとしたスタンドに腰を下ろして、コースに眼を向けた。

佐々木騎手が口にした今井と八木田の二人のジョッキーの姿も見えた。二人とも中堅騎手で、勝ち鞍《くら》も多い。私はどちらとも話をしたことがあるし、二、三度マージャン卓を囲んだこともある。勝つためにあんな卑劣な方法をとるような人間には思えないし、あんなことをしなくても勝つだけの腕を持っている騎手だ。

二人が調教を了《お》えたのを見て、私は腰を上げて近づいて行った。

「佐々木騎手の姿が見えないね」

私は、二人の顔色を窺《うかが》いながらいった。

「ああ」と、今井騎手が重く頷《うなず》き、八木田騎手のほうは、「出場停止なんてことにならなければいいと思ってるんだがねえ」

と、心配そうにいった。本心か芝居か私にはわからなかった。

「それについて、変な噂《うわさ》を耳にしたんだがね」

私は、二人を等分に見ていった。

「K新聞杯のときと、この間のサラ系四歳のとき、第一コーナーのところで誰かが何か大声で叫んだというんだ」

「それならおれも聞いたよ」

「おれにも確かに聞こえた」

二人がほとんど同時にいった。

「三十とか四十とかいったんじゃなかったかな」

「それはK新聞杯のときだよ。サラ系四歳のときは、確か、八百長と怒鳴ったんだ。

シャクに触ったから覚えている」

「そうだ。あのときは、誰かが八百長と怒鳴りやがった。ひどいことをいう奴《やつ》がいたもんさ」

二人が喋《しゃべ》り合っているのを、私は黙って聞いていた。彼等の一人が、佐々木騎手のいう犯人だとしたら、こんなにフランクに喋るだろうか。だが、誰かが第一コーナーで大声をあげ、佐々木騎手に事故を起こさせたのだ。

「どんな声だった？」

私がきくと、二人は顔を見合わせた。

「甲高《かんだか》い声だったな」

「そうだ。変に甲高い声だった」

「ジョッキーで、甲高い声の持ち主といったら誰だろう？」

「あまりいないけど、高森さんなんかそうだな」

「それに梅崎さん」

と、二人はベテラン騎手の名前をあげたが、この二人は、両方のレースとも出ていなかった。とすると、犯人は、レースに参加した騎手の中にはいないことになる。

「二つのレースのときだが、第一コーナーのところに誰か立っていなかったかね」

「覚えていないな」

と、今井騎手がいった。八木田騎手のほうは、鞭《むち》を手で弄《もてあそ》びながら、

「あんたは、柵《さく》のところに誰かが立っていて、そいつが怒鳴ったというのか？」

と、私にきいた。私は頷《うなず》いた。

「他《ほか》に考えようがないからね。一般の観客は入れないが、競馬場の人間なら入れるからね、だからきいたんだ」

「残念だが、おれも覚えがないな。だが、フィルムを見れば、誰がいたかわかるんじゃないかな」

「そうだ。フィルムがあった」

私は、指を鳴らしてから裁決室に向かって駈《か》け出した。各コーナーと向こう正面には走路監視塔《パトロール・タワー》があって、レースごとに16ミリカメラで撮っている。そのフィルムは、裁決室に保管してある筈《はず》だった。

部屋には、裁決委員が一人、のんびりと週刊誌を読んでいた。私は、理由をいわずに、フィルムを見せて欲しいといった。

「佐々木騎手のことで何かわかったのかね？」

「まだです。ただ、フィルムを見れば、何かわかるかも知れません」

と、私はいい、強引に、裁決委員を隣の映写室へ連れて行った。委員は、フィルムはもう何度も見た筈だと文句をいったが、それでも映写に同意してくれた。

まず、K新聞杯のフィルムだった。スタートから第一コーナーへ。そして、佐々木騎手のブラウンエイジが内柵に触れて転倒。そこでフィルムを止めて貰《もら》った。

私は、内柵のあたりに眼をやった。柵のところに人影はない。だが、柵から五、六メートル離れたところに、白っぽい服装の人間がしゃがんでいるのが小さく見えた。頭に手拭《てぬぐい》をかぶり、手に竹箒《たけぼうき》を持っている。レースごとにアルバイトで働きにくる清掃婦らしい。

（甲高《かんだか》い声か）

私は、何かがわかりかけてきたような気がした。女の声だから甲高く聞こえたのではないか。

（それに、あの脅迫状だ）

一見、男の手紙のようだが、「三十億円ものお金が——」と、「お」がついていた。

男だったら、普通、三十億の金と書くのではあるまいか。

「何かわかったかね？」

暗い中で、裁決委員がきいた。私が、今まで調べたことを話すと、相手は、「ふーっ」と大きく溜息《ためいき》をついた。

「なぜ、佐々木君は、最初から話してくれなかったのかな？」

「彼は、犯人は同じジョッキー仲間だと信じているんです。だから話さなかったんでしょう」

「君は、あそこに映っている臨時雇いのオバチャンが犯人だと思うのかね？」

「そうです」

「しかし、あの距離では、いくら大声で怒鳴っても騎手には聞こえないぞ。蹄《ひづめ》の音で搔《か》き消されてしまうからな」

「スピーカーを使えば簡単です」

「スピーカーだって？」

「K新聞杯のとき、佐々木騎手のブラウンエイジは一番内ワクでした。第一コーナーを内柵《うちさく》すれすれに通過することは誰にだってわかることです。柵のかげに小型スピーカーを置いておいて、ブラウンエイジが突っ込んできたとき、離れたところからマイクに向かって怒鳴ればいいんです。誰もレースに夢中だから、柵の近くにいる清掃婦の動作になんか、注意を払いませんからね」

「そういえば、サラ系四歳のときは、一番外ワクだったな」

「そうです。それに、前のレースで内柵に触れて転倒しているんですから、今度は用心して内に寄らないだろうということぐらい誰にだって推測できますよ。だから犯人は、外柵のかげにスピーカーをかくしておいたんだと思います」

念のために、サラ系四歳レースのフィルムも映写したが、外から内馬場に向かって撮っているために、外柵の外は写っていなかった。しかし、私の確信は変らなかった。

私は、内棚の近くにしゃがんでいる清掃婦の引き伸しをして貰《もら》った。後ろ向きだし、手拭《てぬぐい》をかぶっているので顔立ちはわからないが、オバチャン連中に見せれば、誰なのかわかるかも知れない。

7

レースの終った後のスタンドは、足の踏み場もないほどの紙屑《かみくず》の山だ。スポーツ新聞や専門紙の残骸《ざんがい》や、外れた馬券。それにチビた赤鉛筆が転がっている。風が吹いたりすると眼も当てられない。猛烈な紙ふぶきになる。

手拭をかぶったアルバイトのオバチャンたちが活躍するのはこのときだ。竹箒《たけぼうき》で紙屑を集めては、大きな屑籠《くずかご》に放り込む。今日は、観客が多くて大入袋が出たので（といっても、大入りと書いた袋に百円しか入っていないのだが）彼女たちはご機嫌な顔をしていた。

私は、彼女たちの仕事が一段落したのを見て、写真を見せ、誰かわかるかときいてみた。

「神木《かみき》さんじゃない？」

と、一人が同意を求めるように、同僚の顔を見た。他《ほか》のオバチャンたちもすぐ同意した。

「これは神木さんだわ」

「今日《きょう》は？」

私がきくと、彼女たちは、周囲を見回してから、

「そういえば、今日はきてないわ」

と、はじめて気がついたような声を出した。

名前さえわかれば、後を調べるのは簡単だった。ここではアルバイトの採用でも、履歴書を提出させているからである。

神木文子。四十二歳。住所は、東京競馬場近くの府中《ふちゅう》市内だった。

私は、履歴書に貼《は》ってあった写真をポケットに放り込んでから、彼女の住所を訪ねることにした。

私は、この女が犯人に違いないと確信していたが、彼女のアパートに近づくにつれて、少しずつ自信がなくなってきた。動機の想像がつかないからである。写真で見る限り、平凡な中年女で、若い佐々木騎手との間に痴情関係があったとは思えなかった。

それに、神木文子は、一年前から競馬場にアルバイトできている。それが、なぜ急に佐々木騎手を恨むようになったのか。

木造モルタル塗りのありふれたアパートだった。

いかにも口の軽そうな管理人の女がいたので、まず彼女に、神木文子のことをきいてみた。

「あの奥さんも、可哀《かわい》そうな人でしてねえ」

と管理人はいった。その言葉ほど、同情はしていない顔つきだった。

「何が？」

「今は、夜学の大学へ通っている息子さんと二人っきりで生活してるんですけどね」

「息子がいるのか？」

「何でも電気の学校だそうですよ」

「ほう」

私は自然に口元がほころぶのを感じた。それなら、小型スピーカーの扱い方ぐらい息子から教えて貰《もら》えるだろう。

「だが、可哀そうというのはなぜだね？」

「世が世なら、あの奥さんは、大きな問屋の奥さんでいられたからですよ」

管理人は、声をひそめていった。

「その旦那《だんな》さんが競馬に凝っちまって、店は破産。その上、自殺しちゃったんですって。その奥さんが、今はアルバイトで競馬場で働いているんだから因果な話じゃありませんか」

「それは本当の話なのかい？」

「本当ですよ。あの奥さんは喋《しゃべ》りませんけどね。いつだったか、昔馴染《むかしなじみ》の人が訪ねてきてわかっちゃったんですよ」

どうやら本当らしい。だが、これで、神木文子が競馬に恨みを持つのは納得がいくとして、佐々木という特定の騎手を攻撃する理由がわからなかった。

私は、一度アパートを出ると、近くにあった赤電話で、佐々木騎手のアパートのダイヤルを回した。幸い、今日はまだアパートにいてくれた。

「神木文子という女を知っているかい」

私がきくと、佐々木騎手は、「カミキフミコ」と、繰り返してから、

「女の人には記憶がないが、神木という名前には覚えがあるよ」

「どんな？」

「だいぶ前の話だが、週刊誌の記者から、ジョッキーとファンということで、いろい

ろきかれたことがあるんだ」

「それで？」

「そのインタビューの後で、記者が、問屋の主人で、あなたの熱烈なファンがいますよといわれたんだ。確か、そのとき聞かされた名前が神木さんだと思う。浅草橋近くの履物《はきもの》問屋のご主人だという話だった」

「会ったのか？　その人に」

「いや。会いますかといわれたが会わなかった。おれは、そういうのが苦手だからね」

「そのとき、神木という人のことで他《ほか》に何か聞かなかったかね？」

「おれの乗る馬は、どんなに弱い馬でも必ず買うんだそうだ。そんな買い方は危険なんだがね」

「――――」

「それがどうかしたのか？」

「この次会ったときに話すよ」

それだけいって、私は電話を切った。これで、神木文子が、佐々木騎手だけを恨む理由がわかったと思った。特定の騎手に惚《ほ》れて、中山、京都、阪神と追いかけて行って、その騎手のからむ馬券を買うファンというのがよくいるものだ。だが、破産、自殺となれば、家族の恨みが、特定の騎手に集中するのも止《や》むを得ない。

私がアパートに戻ると、管理人が、

「神木さん、帰ってきましたよ」

と、耳元でささやいた。

私は、ガタピシする階段をのぼっていった。これで佐々木騎手が出場停止になることもなくなるだろう。しかし、競馬を敵と考えている女に会い、問い詰めるのはあまり楽しい仕事ではない。

ドアをノックすると、写真の女が顔を出した。私が中央競馬会からきたと告げると、顔色を変えたが、それでも黙って部屋へ通してくれた。

六畳一間にダイニングキッチンがついただけの狭い部屋だった。コンロの傍《そば》に買物《かいもの》籠《かご》が置いてあり、ねぎやインスタントラーメンの袋がのぞいていた。

窓に向いた机の上には、電気関係の専門書と一緒に、小型のハンドスピーカーが載っている。おそらく、あのスピーカーを使ったのだろう。

神木文子が、堅い表情で茶をすすめてくれた。私は、手を触れずに、

「どうもいいにくいことなんだがね」

と、切り出した。いやなことは早くすませたほうがいい。

「あんたのやったことは、もう全部わかっているんだ」

文子は黙っている。私は構わずに言葉を続けた。

「あんたが、亡くなったご主人のことで、競馬会や佐々木騎手を恨んでいることはわかるし、無理もないことだとも思う。あんたにとって、競馬は憎しみの対象でしかないこともわかる。しかし、だからといって、あんたのやったことは許されない。競馬会の信用にかかわるし、優秀な騎手の将来が台無しになるかも知れないんだからね。だから、これから私と一緒に裁決委員に会って、すべてを話して貰《もら》いたいんだ」

否定するだろうかと思ったが、文子は意外にあっさりと、

「どうせわかっちゃうと思っていましたよ」

と、投げやりにいい、立ち上がって簞笥《たんす》の前に行くと、のろのろと外出の支度をはじめた。

私は、ほっとしてお茶に手を伸ばした。渇いたのどを湿らせてから、彼女の痩《や》せた

　背中に向かって、

「机の上に載っているスピーカーを使って、第一コーナーで佐々木騎手を脅したんだね？」

　ときいた。文子は背中を見せたまま頷《うなず》いた。

「脅迫状を送ったのもあんただね？」

　また、彼女が黙って頷く。

「だが、わからないことが一つある。あんたが、アルバイトで競馬場で働くようになったのは一年前からだ。それなのに、なぜ、最近になって急に復讐《ふくしゅう》する気になったんだね？　復讐するチャンスは、その前にも何回かあった筈《はず》だと思うんだが――」

　私の言葉に、彼女の手が急に止まるのが見えた。

「やはり、復讐はいけないことだというためらいがあったんだね？」

　と、私はいった。彼女が頷いてくれれば、少しは気楽に彼女を裁決委員のところへ連れて行ける。

「そうだね？」

　私は念を押した。文子は頷かなかった。彼女は頷く代りに箪笥《たんす》の小引出しをあけた。

ふいにふり向くと、彼女は、答がわりに、手につかんだものを私めがけて投げつけた。

眼の前で紙ふぶきが舞った。引き裂かれた馬券だった。第×回ダービーの連勝複式②―⑤の馬券だった。

カーフェリーの女

1

田中文子は、六年前、徳島から東京に出た。彼女が二十歳の時のことである。名前が平凡なように、彼女も平凡な女である。不美人ではないが、男の胸をときめかすほどの美貌《びぼう》にも恵まれていなかったが、彼女には、彼女なりの野心があったからこそ、六年前に上京したのである。

東京での六年間、文子は主として水商売について過ごした。高校は出たものの、これといった特技のない彼女にとって、金をもうける手段は、他には思いつかなかったのである。事務員の口もあったが、物価高の東京では、部屋代や食費を払えば、事務員では、ほとんど貯金は出来なかった。

銀座の一流バーのホステスになれば、月に三、四十万の収入はざらしいが、文子には、そんな高級バーのホステスになれるほど、自分に魅力のないことを知っていたから、東京の下町の大きなキャバレーで働いた。それでも六年の間に五百万を越す貯金が出来た。

その間に、男と関係したことも何度かある。が、いつの場合も、溺《おぼ》れるようなことはなかった。男に溺れたために、営々と貯《た》めた貯金を使い果たした上、捨てられた同僚を何人も見ていたからである。

だが、五年たち二十五歳になった時、文子は恋をした。いや、彼女流に堅実ないい方をすれば、一緒になってもいい男にぶつかったというべきだろう。

ひと目みて、キャバレーで騒ぐような男ではなかった。墨田区の下町のキャバレーだったから、客も下駄履きの工員なんかも多かったが、その男、藤原晋吉もその一人だった。町工場に勤めていて、社長に連れられて来たとき、ひどく、おどおどしていたのを、文子は鮮やかに覚えている。

酒もあまり強くなく、とにかく無口だった。あとでわかったのだが、藤原は東北から出て来た男で、上京して二年たっても、まだ訛《なま》りが抜け切らないので、無口なのだとわかった。

顔立ちも、武骨で、いかにも東北の素朴な青年の感じだった。そんなところにも、文子は、好意を持った。二人の間に派手な生活は約束されないだろうが、堅実で平和な生活は出来るだろう、と思った。

一年の、とびとびの交際のあと、二人は同棲《どうせい》した。藤原の希望で籍も入れた。文子は家出同然に徳島を出てしまっていたから、藤原とのことは、家にも知らせてなかったが、この際、六年ぶりに徳島に帰ろうと思い立った。この六年間、家出同然といっても、母からは何通か帰ってくれという手紙が来ている。

飛行機、列車と考えた末、文子は最近、東京—高知間に就航した大型カーフェリーで帰ることにした。

別に理由はなかった。ただ、海から自分の故郷四国を見たかっただけのことである。夫の藤原は仕事の都合で、二日おくれて徳島に行くといった。文子にしても、前もって、両親に結婚の話をしたあとで、藤原に来てもらった方が都合が良かった。

2

今はカーフェリーの時代である。時刻表にまで、カーフェリーのページがつけられている。

東京から高知まで、一万トンクラスの豪華船が就航していた。千葉—徳島、大阪—

徳島というフェリーもあったが、東京からいちいち、千葉や大阪へ出るのが面倒だった。

カーフェリーは、元来、車ごと人間を運ぶものだが、人間だけも乗せてくれる。文子は車を持っていないからただの船客である。六年ぶりの帰郷なので、特等室の切符を買ったが、それでも一万八千五百円だった。

東京から高知まで、二十時間の船旅である。

東京は、晴海《はるみ》の有明埠頭《ありあけふとう》から出航する。夜九時の出航なので、人間よりも車の方が多い感じだった。夫の藤原は、夜勤があるとかで、残念ながら送りに来てくれていないのが寂しかったが、この船の手配から特別室まで、とってくれたことを思えば、文句もいえなかった。それに二日おくれて、夫は徳島に来るのだ。

特等室は、バス、トイレ付きで、豪華な二人部屋である。ベッドもツインになっているのは、新婚客の利用の多いのを見越してからかも知れない。

（高知まで、ひとりじゃ、もったいないな）

と、思う一方、高知までの二十時間、こんな立派な船室で、ひとりで、のうのうとしていけるのも悪くないなと思った。内側から鍵をかけてしまえば、あとは裸で寝ようと飛び回ろうと自由だからである。

定時の九時を少しおくれて、文子を乗せた一万トンの船は、晴海を出港した。五月末では、まだ海風は冷たいと思ったが、南風のせいか、デッキに出てみると、意外に暖かかった。

船は、ゆっくりと、東京湾を出ようとしていた。文子はデッキにもたれ、煙草《たばこ》に火をつけ、光の海のように見える東京の街に眼《め》をやった。昼間の東京の街はきたなく汚れている。いや夜の東京だって、彼女の働いている店の路地裏などひどいものだ。ゴミが異臭を放ち、酔っ払いがヘドを吐き散らし、ゴミの間をネズミが歩き回っている。

それなのに、こうして、遠く海の上から眺める夜の東京は、何と美しいのだろう。ある外国のパイロットが、夜の東京を上空から眺めて、もっとも美しい夜景を持つ都市の一つだといったそうだが、その言葉もデッキに立っているとわかる気がするのだ。

この不思議な美しさが、人々を魅《ひ》きつけるのだろう。文子もその一人なのだが。そして、現実の東京は美しくもなく、砂漠のように、寂漠たるものなのだが、そうわかっても、もう抜け出せなくなってしまうのだ。

文子が、手すりにもたれて、ぼんやりとそんなことを考えていたとき、いきなり背後から凄《すご》い力で、背中を突き飛ばされた。

3

文子は、鋭い悲鳴をあげ、夢中で手すりにしがみついた。

それでも上半身は、ほとんど逆様になり、眼の下に、まっ黒な夜の海が、パックリと口をあけた。

文子は悲鳴をあげ続けた。相手は、容赦なく、片手で彼女の背中を押しながら、片脚にも手をかけ、凄い力で、夜の海へ突き落とそうとする。抵抗しようのない強い力だった。手すりにしがみつく文子の力もだんだん弱ってくるし、恐怖から悲鳴も出なくなって、文子が死を覚悟したとき、ふいに、相手の力がゆるんだ。

何がどうなったのかわからないが、とにかく文子はデッキの上に、ヘナヘナと座り込んでしまった。息がまだぜいぜいとして、恐怖が抜け切らない。

そんな文子のところへ、若い船員が近寄って来て「悲鳴が聞こえましたが、どうかなさったんですか?」ときいた。文子は思わず「助けて頂戴《ちょうだい》!」と、かすれた声で叫んでしまった。

文子の話を聞いて、その船員も、大変だと思ったらしく、すぐ船長室へ連れて行ってくれた。船の中で事件が起きたとき、最高の責任者は船長になるからである。戦時中は、駆逐艦に乗っていたという五十代の船長は、落ち着いて文子の話を聞いてから、

「船員の足音がしたんで、相手は逃げたんですな。ところで、この船に恨みを買うような人は、乗っているんですか？」

「いいえ」

「犯人の顔は、見ませんでしたか？」

「ええ。背後からいきなり突き落とされそうになったんですもの。手すりにしがみつくのが精一杯で、相手の顔なんか、とっても――」

「そうでしょうな。男か女かもわかりませんか？」

「多分、男だったと思いますけど」

「理由は？」

「とても強い力でした。それに女だったら、化粧品の匂《にお》いか香水の匂いがすると思うんですけど、そんな匂いが全然しなくて、男の人が、よく髪につけるＨセブンという

ヘアトニックの匂いがしましたから」

「ずい分、おくわしいですな」

「あたしは、今まで東京で六年間、水商売をしていましたから、自然にそういうことを覚えてしまって」

「なるほど。Hセブンといえば、だいたい若い男のヘアトニックでしたな？」

「ええ」

「すると、Hセブンを使う若い男としかわからんというわけか。変質者かも知れませんな」

「犯人は、わかりませんの？」

「この船は、トラック百台、乗用車二百台の他に、一一二四名の旅客定員があるのです。今日は八三七名の船客しか乗っていませんが、Hセブンの好きな若い男を、今から探すのは大変です。Hセブンをつけている男は多いですからね。うちの船員の中にもいます。ところで船室は？」

「特等2号室です」

「そうですか。夜の間は、鍵をかけておかれるといい。夜が明ければ、デッキに人も多くなりますから、船室を出られても安全でしょう」

と、船長はいった。

4

文子は船長にいわれた通り、自分の船室に入ると、鍵をかけた。ベッドに入ったものの、さっきの恐怖が、また思い出されてきた。船長は変質者の犯行かも知れないといった。本当にそうなのだろうか。夫の藤原晋吉が一緒だったらと、思わずにはいられなかった。最初は二人部屋で、のんびりできると喜んでいたのだが、今はかえってその広さが怖い。

電気をつけたまま、うとうとしかけたとき、ふと何か、金属と金属の軽く触れ合う音を聞いたような気がした。はっと眼が覚めた。

何の音かわからなかった。が、その音はすぐ止《や》んでしまった。

(気のせいだったのか)

と、文子はほっとした。少し神経質になり過ぎているのかも知れない。第一、まだ午前零時前だ。船は東京湾を出て、相模《さがみ》湾の沖を走っているらしいが、一万トンクラスだけにほとんどゆれがない。それにデッキで、若者がギターをかき鳴らしているのが聞こえ、それが文子にとって安心感になった。

いつの間にか眠ってしまい、また鈍い音に眼が覚めた。

ぼんやりした、まだ焦点の定まらない視野の中に、黒い人影がゆっくり、自分の方に近づいてくるのが見えた。部屋の明りは、つけたままだったはずなのに、今、部屋は暗く廊下からかすかに入ってくる明りしか見えない。

一瞬、自分が夢を見ているような気がした。ゆっくり、ベッドに近づいてくる人影がまるで映画かＴＶの中の人物のように見えた。

（ドアの鍵は、ちゃんとかけたはずだ。だからこの部屋に、他の者が入って来るはずがないのだ）

そんなことを、自分にいい聞かせているうちに、文子の意識は次第にハッキリして来た。

（これは、夢なんかではないんだ！）

と、気付いた瞬間、眼の前の人影がいきなり、ベッドに寝ている彼女に襲いかかって来た。太い、頑丈な手が彼女のくびをしめようとする。

文子は必死に抵抗し、パジャマ姿の足で、メチャクチャに相手を蹴飛《けと》ばした。それでも首をしめつける腕の力は、弱まらない。次第にもうろうとする意識の中で、文子は枕元《まくらもと》のスタンドをつかんで投げつけた。もちろん相手にぶつけるつもりだったのだが、外れて電気スタンドはコードをつけたまま、ドアにぶつかって、派手な音を立てた。

デッキで聞こえていたギターの音が、パタッと止み、人の駆けてくる足音が聞こえた。

文子の首をしめていた相手は、ギョッとしたように手をゆるめて、ドアの方に眼をやりそれからいきなり、脱兎《だっと》の如《ごと》く、部屋を飛び出して行った。

船室の明りがつき、船長が入って来た。文子はまだぜいぜい息をしていた。

「賊は今船員たちが追いかけています。大丈夫ですか?」

「ええ。何とか」

文子が辛うじていったとき、船員が二人、青い顔で入って来た。

「犯人は追いつめられて、海に飛び込みました。まだ海水は冷たいですから、まず、助からないでしょう」

「しかし、何故、鍵をかけなかったんですか」

と、船長がきいた。文子が、かけたと主張していると、事務長が入って来た。

「実は私が、お開けしたんです。ご主人様が夜、デッキに出ている中に、奥様が間違えて鍵をかけてしまい、そのまま眠ってしまったらしいというので――」

「でも、主人は、東京にいるはずです」

「しかし、ちゃんと、この部屋の切符もお持ちでしたし、奥様のことも、とてもよくご存知でしたよ。それで、てっきりご主人様かと。右眼のところに、大きなホクロのある三十歳くらいの方でしたが」

とたんに、文子はクラクラとした。間違いなく、夫だ。夫の藤原晋吉だ。夫が二度にわたって、あたしを殺そうとしたのか。

そういえば切符を買ったのも夫だ。きっと出港の時は、車を格納する船倉にでもかくれていたのだろう。

船長たちが引き揚げてしまうと、文子はぼんやりと天井に眼をやった。不思議に、夫を憎む気になれなかった。彼女の貯《た》めた金が目当てだったのだろうが、みんなあの東京がいけないのだという気がした。あの大都会に住んでいると、愛なんかより、金の方が大事に思えてくるのだ。そんな魔力を持った都会だ。夫もいつの間にか、それに毒されていたのだろう。

「ふるさと」という言葉が、急になつかしく思われ、文子の頬《ほお》を初めて涙が流れ落ちた。

鳴門《なると》への旅

1

苦しいから旅に出るのです、と書いたのは、確か太宰治《だざいおさむ》だった。

苦しいから旅に出るという言葉には、きびしさの中に甘さが感じられる。旅に出れば、苦しさが忘れられるという期待が含まれているような気がするからだ。

しかし、今、四国へ向かって旅に出ようとしている今西冴子には、そうした旅への期待はなかった。

冴子は、生きることに疲れていた。男に捨てられたこともあるし、彼女の方から捨てたこともある。警察にも、二、三回は厄介になった。まだ二十四歳というのに、人生のたいていのことを経験してしまったような気がする。そのくせ、生活の方は一向に恵まれなくて、じめじめした裏通りを肩をすくめて歩き回るような毎日だった。そんな生活が六年も続けばいいかげんいやになるのが当然ではないか。

死んでしまおうと決心すると、この世に未練になるものはなかった。係累のないのが寂しいと思っていたが、死ぬとなればかえって気楽だった。

ただ、醜い死に方はしたくはなかった。きれいに死にたいと思った。だから、鳴門への旅に出た。

冴子は、鳴門の渦潮を見たことがあるわけではなかった。大都会の裏側は知っていても、鳴門も徳島も、四国のどこへも旅行したことはない。その彼女が、鳴門を死に場所に選んだのはいつだったか、銀座のデパートで見た観光ポスターのせいだった。

大きな紙一杯に、真っさおな海と、白くあわ立つ渦潮が描かれてあった。あの渦の中に身を投じたら、一瞬のうちに深い海の底に引き込まれて行くことだろう。きっと、死ぬときの苦しみもないに違いない。

そう思って、冴子は、一九時三〇分東京発の急行「さぬき」に乗った。高松経由で鳴門へ出るつもりだった。

列車の中で、徳島に行くという赤ん坊を抱いた若い母親と一緒になった。七カ月ぐらいの男の子はひどくかわいらしく、若い母親はいかにも幸福そうだった。冴子は、自殺するための旅をしている自分と比較して、相手のいかにも満ち足りた顔に反発を覚えて、なるべく口をきかないようにしていたが、その女は話好きらしく、しきりに冴子に話しかけてきた。自分の幸福を他人にも知ってもらいたいのかも知れない。

「何もかも初めてなんです。あたし——」

と、赤ん坊をあやしながらいった。

「こんなに遠い旅行も初めてだし、徳島も初めてなんです。それに——」

それに、徳島では、初めて夫の両親に会うのだと、期待と不安の入り混じった顔でいった。

女の話は、どこにでもころがっていそうな話だった。

徳島の資産家の一人むすこが、家業を継ぐのがきらいで東京に出た。そこで、バーの若いホステスにほれて同せいした。だが、二人の間に子供が生まれてすぐ男は交通事故で死んでしまった。

徳島の両親は、一人むすこに女がいたこと、孫が出来ていたことを知って、会いたいと手紙をしてきた。

「まだあたし、死んだ主人の両親の顔さえ知らないんです。後藤という名前と、徳島で有名な染め物問屋だということは知ってるんですけど——」

冴子は、生返事をしながら聞いていたが、四国までの旅は長く、自然に相手の話すことを覚えてしまった。女の名前は、後藤美代子で二十五歳。交通事故で死んだ夫の名前は後藤晋一郎といったらしい。もちろん、こんなことは、今の冴子には何の意味もないことだったが。

大阪で朝になった。

列車が姫路を過ぎたときである。トイレに行くために冴子が立ち上がって、通路を歩き出したとき、突然、斜め後ろですさまじい爆発音が起きた。

2

冴子は一瞬、目の前が暗くなり、床に倒れた。

(死ぬのだろうか)と、思い、ここで死ぬのならそれでもいいと思ったが、目を開くと、ふらふらとだが立ち上がることが出来た。

ふりむくと、今まで彼女が腰をおろしていた座席のあたりは修羅場に変わっていた。

血まみれになった人々が床に倒れて、苦しげにうめき声をあげ、ガラスの破片が散乱している。

「痛いよう、痛いよう」

と、泣き叫んでいる子供の声も聞こえる。

あの女は、座席に突っ伏した格好で、動かなかった。その左腕から血が流れている。胸に抱かれた赤ん坊だけが、引きつったようにかん高い泣き声を立てていた。

冴子は、ふらふらと近寄って女の肩に手をかけた。そのままゆすぶると、女はどんよりとした目をあげた。顔から血が流れていて、苦しそうにゆがんでいた。

「この子を――」

と、女が、かすれた声でいった。冴子が黙って赤ん坊を抱き取ると、女の顔に安どの色が浮かんだが、次の瞬間にはもう顔を伏せてしまい、二度と動こうとしなかった。

おそらく、あのすさまじい爆発のとき、この若い母親は、わが子を守るためにとっさに、自分のからだでかばったのだろう。

「あんた」

と、呼んだが、返事はなく、ただ、女の左腕から血が流れ続けているだけだった。

冴子は、赤ん坊を抱いたまま、よろめきながら、次の車両へ逃げて行った。そこで、

「血が出ているぞ」

と、いわれて、初めて、自分の顔からも血が流れているのに気がつき、冴子は、赤

ん坊を抱いたまま、へたへたと床にすわり込んでしまった。

3

気がついたとき、冴子は自分が病院のベッドに寝かされているのを知った。

看護婦が、冴子の顔を上からのぞき込んだ。

「お子さんは無事ですよ」

と、看護婦が微笑していった。「え？」とき返してから、あの赤ん坊のことだなと気がついた。

母親と間違えているところをみると、あの若い母親はやはり死んでしまったのだろう。そう思ったとき、冴子の胸にふと悪魔のささやきが聞こえた。このまま、死んだ女になりすましてやろうと思った。鳴門で死ぬつもりだったが、それは、現在のウダツのあがらない生活にいや気がさしたからで、玉のコシに乗れるのなら死ぬ必要はないのだ。死んだ女の話だと、徳島の家は、有名な染め物問屋だというではないか。

それに、ウソがバレたところでもともとだ。その時には、最初の予定通り鳴門へ行って死ねばいい。

「どこへ連絡します？」

と、看護婦にいわれて、冴子は「徳島へ」と、答えた。

「徳島の後藤という染め物問屋へ連絡して下さい。なくなった主人の両親がいるんです」

次の日の朝、眠っていた冴子が目をさますと、見知らぬ老女の顔があった。

「もう大丈夫ですよ。美代子さん」

と、老女はいってから、ふと涙声になって、

「孫と貴女《あなた》が無事で、本当に安心しましたよ」

「おかあさん」

冴子は、わざとぎこちないいい方をした。

「そう呼ばせていただいてかまいません？」

「いいですとも。いいですとも――」

老女は、声をつまらせて何度もうなずいた。

第一歩は成功だなと、冴子は思った。冴子は目を閉じ、死んだ女が何を話したか思

い出そうとつとめた。それが、うまく化けられるかどうかのカギになりそうな気がした。たとえば、赤ん坊の名前は、確か洋一だった——

看護婦が、新聞を持ってきて見せてくれた。あれは、時限爆弾だったらしい。二人が死に、十人が負傷したと書いてあった。二人の死者のうち、一人は二十五、六歳の女だが、まだ身元がわからないという。あの女のことだと、すぐわかった。

冴子は、二日後に退院し、迎えの車に乗って徳島へ向かった。

冴子は、徳島という町で知っているのは阿波踊《あわおど》りだけだった。

初めて見る徳島の町は、東京に比べて平べったく、全体に白っぽかった。そして、空だけはひどく青く見えた。老女は「あれが有名な眉山《びざん》ですよ」と車の窓から説明してくれた。名所旧跡には関心のない冴子だったが、老女の気に入ろうとして、つとめて感嘆の表情を作った。

後藤商店は、徳島のほぼ中央を流れる新町川《しんまちがわ》の川岸にあった。長いヘイをめぐらした堂々たる構えで、車から降りて玄関に立ったとき、冴子は、これが自分の望んでいた暮らしなのだと思った。

冴子と、赤ん坊は大歓迎で迎えられた。後藤家の主人は、太って目の大きな老人だったが、赤ん坊の顔を見た途端に相好をくずした。

「死んだ晋一郎にそっくりじゃありませんか」

と、老女がいえば、老人はにこにこ笑いながら、

「そういえば、目や口なんかウリ二つだ」

と、うなずいていた。

二十人近い使用人は、冴子のことを若奥さんと呼んだ。資産家の若奥さんと呼ばれることを夢見た時があった。その夢が、ひょんなことから今実現したのだ。

冴子は、つとめて口数少なく控え目にふるまった。ボロを出さない用心のためだったが、それが昔かたぎの老夫婦には気に入ったようであった。

老夫婦の名前もすぐ覚えた。後藤徳之助にトクだ。二人の性格も読みとって、如才なくそれに合わせた。バーやキャバレーで酔客のごきげんをとることに比べれば、朴《ぼく》訥《とつ》な老人夫婦のごきげんをとり結ぶことはやさしかった。

赤ん坊の洋一ももちろんかわいがった。最初は、母親らしくふるまわねばという芝居だったが、片言で甘えられると、冴子の方も自然に本心からかわいらしさを覚えるようになっていった。

大きな邸《やしき》に住み、若奥さまと呼ばれ、かわいらしい子供を抱いての生活は、冴子を満ち足りた幸福感に浸らせた。冴子は、今が二十四年間の生涯の中で、一番幸福だと思った。そして、幸福感が強ければ強いほど、それを失いたくないという気持ちも強くなっていった。

だが、偶然が与えてくれた幸福というものは、どこかに無理があるし、いつかは破たんするものである。

後藤家の若奥さまに納まってから二週間たった日に、トクに呼ばれて行くと、

「東京から貴女に電話ですよ」

と、いわれた。どきっとしながら受話器を取ると、太い男の声がした。

「美代子か？」

と、その男はいった。

「おれだよ。前田五郎だよ」

もちろん、冴子の知らない声だし名前だった。死んだ女の知り合いらしい。冴子は、含み声で「ええ」とだけいった。

「一体どうしたんだ？　え？」

「何が？」

「何がだと。一週間以内に連絡してくれる約束だったのを忘れたのか？」

「――」

「聞いてるのか？」

「聞いてるわ」

「とにかく、あす東京に来い。おれは、Sホテルにいるからな。もし来ないと、全部バラすからな」

「バラすって？」

冴子の顔があおざめた。電話の男は、何をバラすというのか。彼女がニセモノとは知らないはずだった。テレビや新聞では、後藤美代子は子供と一緒に無事だったと書いているのだ。顔写真はのらなかった。だから、相手は冴子を後藤美代子と思い込んでいるはずだった。そうだとすると、バラすというのは死んだ女に後ろ暗いところでもあったのだろうか。

「あす中に飛行機で連絡に来るんだ」

男は、命令するようにいった。

「その時には、手みやげ代わりに十万ばかり持って来てもらいたいな。そのくらいの金は、簡単に用意できるはずだからな。もし、そっちの財産をひとり占めしようなんて考えをするんだとしたら、すぐやめるんだ。そんなまねをしやがったら、おれがそっちへ乗り込んで何もかもバラしちまうぜ。そうなりゃあ、お前のかわいいおてが後ろに回るんだ」

手が後ろに回るというのは、どういうことなのだろう？　それを知りたかったが、まさか相手にきくわけにもいかない。そんなことをすれば、ニセモノと勘づかれてしまう。

「いいか、あす中だぞ。飛んで来るんだ。手みやげを持ってな」

男は、電話を切った。

冴子は、しばらくの間ぼう然として受話器を見つめていた。東京へ行くより仕方がなかった。男が徳島に来たら、何もかもぶちこわされてしまうに違いなかったからである。

「なくなったあの人のお友だちでした」

と、冴子は、トクにうそをついた。仕事に失敗して困っているらしいというと、トクは、何の疑いも見せずに、あの子がお世話になった方ならと、すぐ十万円の金を用意してくれた。

翌朝、冴子は、赤ん坊を老夫婦に預けて東京行きの飛行機に乗った。上昇するとすぐ、窓の下に白くあわ立つ鳴門海峡が見えた。今の冴子には無縁な景色であった。死ぬ気はない。彼女は視線をそらせて、東京で会わねばならぬ男のことを考えた。

一体、どんな男だろうか。口調から考えてヤクザらしい。だが、そのことはこわいとは思わなかった。ヤクザな男には、何人もつき合ったことがあったからだ。こわいのは、その男のために、今の甘い満ち足りた生活を失うことだった。冴子はくちびるをかんだ。

(どんなことをしても、男の口をふさがねば)

4

二週間ぶりに東京に舞い戻った今西冴子は、堅い表情で町を見回した。彼女をたきのめして、鳴門への自殺行を決意させた東京。そして今度は、彼女が手に入れた幸運をもぎ取ろうとしている東京。自然に身構える目になるのが当然だった。

東京の空は、梅雨のはしりのようにどんよりと曇っていた。

東京駅に近いSホテルに着くと、冴子はフロントで前田五郎の名前をいった。二一六号室で在室のはずですとフロントの若い男はいった。

冴子は、二階にあがり、その部屋をノックした。人の動く気配がして、ドアが細目にあき、男の顔がのぞいた。険のある目で冴子をにらんで、

「だれだ?」

「美代子さんの使いで来たのよ」

「使い?」

男は、そのままの姿でまゆをしかめた。用心深く冴子を部屋に入れようとしないところに、男の暗い体臭のようなものを冴子はかいだ。ひょっとすると前科のある人間かも知れない。

「なぜ、本人が来ないんだ?」

「廊下で説明しろというの?」

冴子は、わざと笑って見せた。相手を怒らせてはならない。油断させ、いろいろな

ことを聞き出さなければならないのだ。男は、ちょっととまどいした目になってから、冴子を部屋に入れてくれた。

「さあ、話せ」

男はいらいらした声でいった。

「なぜ、美代子が来なかったんだ?」

「急に赤ちゃんが熱を出したからよ。母親としたら看病に追われるのが当然じゃないの。なくなった人の忘れ形見なんだし——」

「——」

男が、急に声を立てて笑い出した。冴子はまゆを寄せた。何かへたなことをいってしまったのだろうか。

「何がおかしいの?」

「美代子の使いだといったな?」

男は、まだ笑いながらいう。

「今のセリフは、美代子がいえといったのか?」

「そうよ」

「じゃあ、十万円も預かって来たんだろうな?」

「十万円?」

冴子はとぼけてきき返した。

「美代子さんは、お金のことなんか何もいってなかったわ」

「いってなかったって?」

男の顔から笑いが消えた。冴子は、相手の顔をまっすぐに見つめた。何とかしてこの男を説得しなければならない。

「そうよ。だけど、その十万円は、あたしがあんたにあげてもいいわ」

「――」

「その代わり、教えてもらいたいことがあるのよ。あんたと美代子さんの関係。それに、あんたのねらいが何なのか」

冴子は、ハンドバッグからまず五万円だけを取り出して男の前に置いた。

「どう? 教えてくれれば、あと五万円あげるわ」

「お前は一体だれなんだ?」

「美代子さんの使いよ」

「なぜ、おれと美代子のことを知りたがるんだ？」

「彼女がうらやましいからよ。だから知りたいのよ。どうしたら玉のコシに乗れるのかね」

自分でも、へたないい方だとわかった。案の定、男の目が疑い深くなった。男は、何かを考えるように腕を組み、冴子をにらみつけていたが、ふいににやっと笑った。

5

「おれを甘く見たな」

男は、たばこをくわえて火をつけると、ゆっくりと冴子に向けて煙を吹きつけた。

「女の浅知恵というやつだ。美代子はどうしたんだ？」

「だから、赤ちゃんが急に熱を出して——」

「忘れ形見か？　ええ？」

男は、また、にやっとした。

「うそをつくんならもっとじょうずにうそをつくんだな。忘れ形見なんてつまらないことをいわずにさ」

「――――」

冴子は、内心あっと思った。あの赤ん坊は、交通事故でなくなった後藤晋一郎の本当の子供ではなかったのだ。だから冴子が忘れ形見といった時、この男は下卑た声で笑い出したのか。

「そうだったのね」

冴子は、思わず声を出していった。

「わかったわ。あんたと美代子さんとでグルになって、あの老人夫婦をだましたのね？」

「おれの方もわかってきたぜ」

男は、吸い殻を灰ザラでもみ消しながらいった。

「お前さんは美代子の使いなんかじゃないな。きのう電話に出たのも、美代子じゃなくて、お前さんだ。だんだんわかってきたぜ」

「何がよ？」

「あの事故だ。美代子はあの時死んだんだ。そうなんだろ？　あいつが死んで赤ん坊だけが助かった。それで、お前さんが美代子になりすまして、あの邸に入り込んだ。だれだって、金持ちの若奥さんになるのは悪いもんじゃないからな。ところが、おれから電話がかかって来たもんだから、あわてて上京して、十万円でおれを丸め込もうとした。違うかい？　ええ？」

「あんたもばかじゃないってわけね」

冴子は、ふてくされた声でいった。

「確かに美代子さんは死んだわ。もったいないからあたしが代わりにあの邸に入ったのよ。それに、あの赤ちゃんには母親が必要だし――」

「お前さんもいい玉だな」

「あたしをどうするつもり？　美代子さんのアダ討ちでもする？」

「ばかな」

男は、くすくす笑った。

「そんなもったいないことをするものか。向こうの年寄り連中が、お前さんを美代子と間違えてるのなら好都合ってものだ。そのまま美代子になってもらうさ。そして、あの女がやるはずだったことをしてもらう」

「どんなこと？」

「後藤って家は徳島でも有名な染め物問屋だろう？　その財産をそっくりいただくのさ。美代子が死んだ男と仲良くしたんだって、金が目当てだったんだからな。ところが交通事故でその男が死んじまった。その時、おれが知恵を授けてやったのよ。年寄りってやつは孫に弱いもんだとな。そしたらあいつは、どこからか赤ん坊を連れて来やがった」

「やっぱりね」

冴子は推測が当たったと思った。「だからさ」と、男はいった。

「母親としての愛情なんか持っちゃいなかった。その点、お前さんも同じだから好都合だ」

「何が？」

「妙な仏心を起こさずにすむってことさ。いいか。あの家の財産は、美代子とおれとがいただくことになってたんだ。美代子が死んでお前さんになっても同じだ」

「あの年寄り夫婦が生きている限り、財産はどうにもならないわ」

「死んでもらうさ」

男は、あっさりといった。

6

冴子は、重い心を抱いて徳島へ戻った。死んだ後藤美代子に間違えられたときは、これで運が回ってきたと思ったが、やはりだめな人間はだめに出来ているらしい。

あの男は、一カ月以内にどうにかしろといった。一カ月以内に年寄り夫婦を始末して財産を手に入れろというのだ。そうしなければ、彼女がニセモノだとバラすという。

後藤徳之助もトクも、彼女について何の疑いも抱いていないようだった。それどころか、東京から戻ってきて以来、顔色が悪いじゃないかと心配してくれた。

「もうあなたは、ここの人間なんですからね」

と、トクはいった。

「それに、洋一ちゃんのかけがえのないおかあさんなんですからね。からだを大事にして下さいよ」

トクや徳之助が大事にしてくれればくれるほど、冴子は気が重くなるのを感じた。

それに、赤ん坊の洋一までが、ママ、ママと冴子に甘えてくる。男の話を聞いたあとでは、余計にその子が不憫《ふびん》になった。どこで、どんなふうに生まれたのか、美代子という女が死んでしまった今となってはわかりようもないが、この子にとっては今が一番幸福だろうとも思う。とにかく、かわいがってくれる老夫婦がいるのだ。それを考えれば、とうてい、後藤徳之助やトクは殺せなかった。もともと、悪女ぶっていても人殺しなど出来る人間ではなかったといった方がいいかも知れない。もし、それほどの女だったら、鳴門への旅など考えなかったろう。

男からは、五日おきに電話がかかってきた。

「まだなのか?」

と、男は電話の向こうでいった。そのたびに冴子は、何とかいいわけをした。相手は二人なのよ。右から左へ殺すわけにはいかないわ。使用人が二十人もいるのよ。いつも見張られているのに、疑われないように殺すなんて簡単に出来るもんじゃないわ。

男の声が、電話のたびにいら立ってくるのがわかった。お前がモタモタしているのなら、おれが徳島に出向いて殺してやってもいいと男はいった。

冴子は、自分が追い詰められたのを知った。ここまで来れば、自分が身をかくすより仕方がないと思った。彼女が消えてしまえば、男も老夫婦を殺すのをあきらめるだろう。殺しても財産は手に入らないからだ。

七月初めの暑い日に、冴子は黙って家を出た。

新町橋を渡って、真っすぐに徳島駅へ歩いて行った。どこへ行くというあてはなかった。東京はいやだった。東京は、彼女を自殺にまで追いつめたところだから。いっそのこと、北海道か九州へ行ってみよう。

駅前のバスターミナルまで来たとき、冴子はふいに背後から肩をたたかれた。ぎょっとしてふり向くと、あの男が、にやっと笑っていた。

7

「どこへ行くつもりだ？」

男は、笑いながらいった。

「まさかこわくなって逃げ出すんじゃあるまいな」

「変にかんぐるのね。それよりなぜ徳島へ来たの？」

「お前さんのことが心配になったからさ。電話の様子じゃ、妙な仏心を出しそうな感じだったからな」

「大丈夫よ」

冴子は、顔色を読まれまいとして視線をそらせた。

「やることはわかってるわ」

「そう来なくちゃな。お前さんには、美代子がやるはずだったことをやってもらわなきゃならないんだからな」

「わかってるといってるじゃないの」

「じゃあ、安心させてもらいたいものだがね」

「安心させる？」

「おれの女になってもらいたいってことさ」

男は、じろじろと冴子のからだをながめ回した。

「おれはきのうここに着いて、駅前のNという旅館に泊まっている。昼下がりの情事ってのもなかなか乙なもんだぜ」

「死んだ美代子さんも、あんたの女だったの？」

「まあ、そんなところだ」

男は、得意気に鼻をうごめかせる。冴子は、

「いいわ」といった。

「死んだ美代子さんと同じことをしてあげるわ」

旅館Nは、小さく薄暗かった。そのせまい部屋で、冴子は男に抱かれた。からだだけは燃えたが、心はさめ切っていた。抱かれたことで、男に対する憎しみが増したようでさえあった。満足しきった顔の男に「トイレへ行かせてね」といって廊下に出ると、冴子は、足音を忍ばせて旅館の調理場へ降りて行った。

調理場にはだれもいなかった。冴子は、すみにあった包丁をつかむと部屋に戻った。

「長いトイレだったな」

と、男がにやにや笑いながらいうのへ、冴子は後ろ手に包丁をかくして近づくと、いきなり腹のあたりを刺した。

「うわっ」

と、男はうなり声をあげて、冴子の顔をなぐった。彼女の口が切れて血がにじんだ。が、冴子は構わずにからだごと包丁を押しつけていった。ふと男の手が止まった。冴

子が包丁の柄から手を放すと、男のからだはどさりと音を立て、畳の上に倒れた。

包丁は、男の腹に突き刺さったままぶるぶる小刻みにふるえている。血がすっと糸を引くように流れていた。

「どうしておれを――」

男は、かすれた声で冴子にいった。

「美代子と同じことをすると約束したはずじゃねえか――」

「だから、あんたを殺してやるのよ」

冴子は、低くあえぎながら、目だけは冷たく男を見おろしていった。

「あのひとはね、赤ちゃんを助けるために自分を犠牲にしたのよ。だからあたしも、そのまねをしただけよ。あんたが死ねば、あの子は幸福になるんだから」

「――」

男は何かいったようだったが、その声はもう言葉にはならなかった。

×　×

冴子は、徳島駅で鳴門までの切符を買った。改札口を通りながら、彼女は、青い海と、白くあわ立つ渦潮を思い浮かべていた。

グリーン車の楽しみ

1

東京のN工業営業課に勤務している小田は、月に二、三回、新幹線で大阪の支社に出張する。

二十九歳で、係長になったばかりの小田に、グリーン料金までは出ない。グリーン車で出張できるのは、N工業では、課長以上ということになっていた。

しかし、小田は、時々、自腹を切って、グリーン車に乗る。

東京―大阪間のグリーン料金は、四千四百円。さして給料の高くない小田にとっては、かなりの負担である。

それにも拘《かかわ》らず、身銭を切って、グリーン車に乗るには、もちろん、それなりの理由があった。

ちょっと、他人《ひと》にもいえないような、ミーハー的な理由である。

いつだったか、大阪から帰るとき、最終のひかりになってしまった。身体《からだ》が、疲れ切っていたので、思い切ってグリーン車にした。

その時、隣りの席に、歌手のAが、腰を下ろしていたのである。サングラスをかけ、週刊誌を読みふけっていたが、間違いなく、Aであった。

（へえ！）

という感じで、改めて、その時、自分の乗っていた12号車を見廻《みまわ》すと、Aの他にも、何人か、テレビでよく見る顔が乗っていた。

小田が、時々、グリーン車に乗るようになったのは、それ以来である。

移動する野球選手の一団と一緒になったこともある。

シンガーソングライターとして有名なSと同じ車両だった時は驚いた。入れかわり立ちかわり女学生がグリーン車にやってくる。修学旅行の高校生が、同じ列車に乗っていたのである。そのうちに、グリーン車の通路が、Sのサインを貰《もら》う女学生であふれてしまい、近くの乗客や、車内販売の女の子が、歩けなくなってしまった。その上、やたらに、Sに向って、カメラのフラッシュを焚《た》く。

ついに、他の乗客が、苦情をいい、車掌が車内放送で、

「高校生の皆さん、グリーン車には行かないようにして下さい」

と、いった。ところが、それでも、女学生の行列が、グリーン車に押しかけてくる。

車掌も、業を煮やしたらしく、

「女学生の諸君。すぐ、グリーン車から退去しないと、君たちの学校名を公表するぞ！」

と、車内放送で怒鳴ったのには、驚いた。

タレントの意外な素顔を見られるのも、グリーン車に乗る楽しみの一つだった。

貴族の令嬢風の顔だちの女優のKが、マネージャーと、小田の前の席に座っていて、バーゲンの話をしていたこともある。

もちろん、グリーン車に乗ったからといって、必ず有名人に会えるとは限らないが、それでも、小田は、やめなかった。

おかしなもので、よく会うタレントがいる。

中年の渋さが素敵だと、女性に圧倒的な人気のある俳優の柴木功一郎と、やたらに、グリーン車で一緒になった。

新幹線のひかりは、11号車と12号車がグリーンだが、切符を買う時は、別に、どちらと、指定はしない。だから、11号車だったり、12号車だったりするのだが、奇妙に、柴木と一緒になるのである。

プレイボーイとしても有名で、いろいろとトラブルもある人らしいが、小田は、柴木という俳優が好きだった。自分も、中年になったら、ああいう中年になりたいという気がするのだ。

三回、四回と、同じ車両に乗り合わせると、小田は、今まで以上に、柴木に関心を持つようになった。好意といってもいい。

その中に、柴木の方でも、視線が合うと、

(おやッ?)

と、いう顔をするようになった。よく会う男だなと思ったのだろう。

こんな時、小田が高校生でもあったら、すぐ、話しかけて、サインを貰うところだが、二十九歳のサラリーマンではそうもいかない。何となく、ちらちら見ることになってしまうのである。

2

七月末の暑い日だった。梅雨はもう明けていた。

大阪からの帰りに、例によって、12号車のグリーンに乗った。座席に腰を下ろしてから気がつくと、通路をへだてて、向う側に、柴木功一郎がいるのである。

何となく、ニヤッとしてしまった。嬉《うれ》しさと照れ臭さからである。向うも、小田に気付いたらしく、一瞬、じっと、こちらを見た。

（N工業の人間で、あなたのファンです）

といったら、少しは、親しみを持ってくれるかも知れないなと思ったりした。

列車が、京都、名古屋と停《とま》って、豊橋あたりに来たとき、柴木が、立ち上って、13号車の方へ歩いて行った。

（変だな？）

と、小田が思ったのは、食堂車や、ビュッフェは、8号車、9号車だし、洗面所は11号車にあるからだった。

なぜ、何もない13号車の方へ行ったのだろうか？

五、六分たったが、柴木は、戻って来ない。

気になると、やたらに気になり出すものである。

小田は、腰をあげると、自分も、13号車の方に行ってみることにした。12号車のドアを通って、踊り場へ出たときである。

いきなり、後頭部を強打され、小田は、その場に昏倒《こんとう》した。

気がついた時は、病院のベッドに寝かされていた。

まだ、後頭部がぎりぎり痛む。医者の話では、小田が気絶しているのを発見した車掌が、列車を静岡で臨時停車させ、病院へ運んだのだという。

「じゃあ、ここは、静岡の病院ですか？」

「そうですよ」

「いったい、何があったんですか？　僕を殴ったのは誰《だれ》なんですか？」

「そういうことは、私には、わかりませんね」

と、医者は、そっけなくいった。

小田も、吐気がしてきたので、黙ってしまった。

翌日の午後になって、背の高い刑事がやってきた。無愛想な男で見舞いの言葉一つかけるでもなく、ずばりと、

「犯人が、捕まりましたよ」

と、用件を切り出した。

「誰が、僕を殴ったんですか?」

「柴木功一郎です」

「なぜ、あの人が?」

小田は、あっけにとられたが、刑事は、いぜんとしてニコリともしないで、

「柴木は、よく、女性問題で噂《うわさ》になるんだが、今度、トラブルを起こした相手が、暴力団と関係のある女だったので、脅迫状が、舞い込んでいたのです。お前を殺してやるというようにね。同じ時刻に、よく利用する新幹線で、眼《め》つきのよくない男と、時々、一緒になるようになった」

「それが、僕なんですか?」

「そうです。11号車に乗ると、相手も11号車に乗ってくるし、12号車に乗ると、向うも12号車に乗ってくる。これは、てっきり、自分を脅迫している暴力団の人間に違いないと思うようになった。そして、昨日です。また会ったなと思ったら、ニヤッと笑った。そこで、本当に自分を狙《ねら》っているのかどうか、試してみる気で、柴木は、わざと、13号車の方へ歩いて行ってみた。食堂車とも、ビュッフェとも、洗面

所とも関係のない13号車の方に、相手もやって来たら、完全に、自分を狙っている奴《やつ》だとわかると思ってです。12号車を出たところで、じっと、息をひそめていると、相手も、後を追うように出て来た。それで、これはもう、間違いない。自分を殺《や》りに来たんだと思って、殴りつけた。脅迫状が来るようになってから、柴木は、護身用に、伸び縮みする鋼鉄製の警棒を持ち歩いていた。それで、あなたを殴ったんですよ」

「僕は――」

「あなたが、暴力団員でないことも、柴木を狙っていたわけでもないことも、わかりましたよ」

「バカバカしい」

「そうですね。バカバカしい事件ですな。ただ、この事件で、柴木功一郎の人気は、確実にダウンするでしょうね」

小田が殴られたことよりも、その方が大事件のようないい方をして、刑事は、帰って行った。

小田は三日間入院した。

退院したあと、小田は、またサラリーマン生活に戻ったが、当分の間、グリーン車には乗らなくなるだろう。

解説

山前　譲

　ひと口にミステリーといっても、今はさまざまなタイプがある。なかなかひとつの定義では語れないが、魅力的な謎とその解決は、やはりいつもベースにあるだろう。『殺意を乗せて…』と『刑事の肖像』につづく、徳間文庫オリジナル編集による西村京太郎短編傑作選の第三集は、その謎解きの妙が楽しめる九作がまとめられた一冊である。前二冊同様、本書に初めて収録される短編も含まれている。

「オートレック号の秘密」（「別冊小説新潮」一九七二・一　講談社文庫『変身願望』収録）は五千トンの客船が舞台だ。洋上ホテルにするため、伊豆半島へと航海中、鍵のかかった船室から乗客が消えた。室内には、血に染まった名刺入れと、船室の鍵が――。ほどなく、背中にナイフの刺さった乗客の死体を、相模湾沖の漁船が発見する。洋上の船と鍵のかかった船室という、二重の密室の謎である。

最初のミステリーとされるエドガー・アラン・ポー「モルグ街の殺人」（一八四一）以来、密室はミステリーのもっとも華やかな舞台となってきた。誰も出入りできない空間に横たわる死体は、数多くの傑作を生んだのである。西村作品で密室をメインの謎としたものは少ないとはいえ、やはりミステリー作家ならば必ず挑戦したくなる謎なのだ。

なお、一九七〇年から実際に、西伊豆の三津浜《みとはま》で、歴史ある客船が海上ホテル兼レストランとして営業していた。西伊豆は西村氏にとってお馴染みの地だけに、本作のモデルとしたのは明らかだろう。船体の老朽化もあって二〇〇五年に営業を停止し、翌年、その客船はスウェーデンの会社に売却された。ところが、改修工事のため上海へと曳航中、和歌山県潮岬沖で沈没してしまう。

十津川警部は、鉄道ミステリーの謎に取り組む前、海がかかわる事件によく直面していた。初登場作『赤い帆船《クルーザー》』のほか、『消えたタンカー』、『消えた乗組員《クルー》』、『発信人は死者』、『炎の墓標』といった長編で、それぞれでじつに大胆な謎が設定されていた。また、十津川シリーズ以外でも、『原子力船むつ消失事件』がある。

密室と並ぶ華やかなミステリーの謎は、現場不在証明と訳されるアリバイだ。十津川警部シリーズでは、鉄道などの交通機関を利用したユニークなアリバイがいくつも書かれているが、「謎の組写真」(「カメラ毎日」一九七五・七　光文社文庫『第二の標的』収録)は、カメラ雑誌のコンテストに入選した、浅草の白鬚橋の写真がアリバイの鍵を握る。場所や時間を特定できる写真は、トリックによく用いられてきたが、デジタル写真の時代にはなかなか出番がないようである。

誰も近寄ることができなかったと思われる、川の中州で女性の死体が発見された「超速球150キロの殺人」(「小説現代」一九七九・一〇　双葉文庫/集英社文庫『死者に捧げる殺人』収録)は、いわば兇器の謎である。死因は頭蓋骨陥没で、傍に硬式ボールが落ちていた。折から、プロ野球のある投手が、一五〇キロを超える剛速球で話題となっていたので……。野球ミステリーならではの謎解きとなっている。

野球も西村作品のなかでも目立っているテーマで、長編に『消えた巨人軍』、『消えたエース』、『日本シリーズ殺人事件』、短編に「マウンドの死」、「ナイター殺人事件」、「サヨナラ死球」、「トレードは死」、「審判員工藤氏の復讐」などがある。十津川警部シリーズの短編「死者に捧げる殺人」によれば、亀井刑事は筋金入りのアンチ巨人とのことだ。

その十津川と並ぶ西村作品の人気キャラクターが、一八〇センチを超す長身で、イケメンの左文字進である。父親がドイツ系アメリカ人、母親が日本人という左文字は、コロンビア大学で犯罪心理学を学び、サンフランシスコで探偵事務所を開いたが、両親の死を機に、日本で事務所を構えた。『消えた巨人軍』が左文字シリーズの第一作で、つづいて『華麗なる誘拐』、『ゼロ計画を阻止せよ』、『盗まれた都市』、『黄金番組殺人事件《ゴールデンアワー》』と長編に活躍したあと、いったん西村作品から姿を消した。それが、二十年ほど時を隔てて復活、短編の「三人目の女」と「依頼人は死者」、長編の『失踪』や『兇悪な街』と、変わらぬ颯爽とした探偵ぶりを見せている。

時系列的には『盗まれた都市』のあとに位置する事件の「トンネルに消えた…」（「問題小説」一九七八・一二　廣済堂文庫／角川文庫『トンネルに消えた』収録）では、幽霊が出るという噂のトンネルで、若い女性が、さらには美人タレントが姿を消してしまう。密室状況での消失の謎に、左文字が華麗な推理を見せている。

「天国に近い死体」（「小説サンデー毎日」一九七六・三　角川文庫『一千万人誘拐計画』収録）で探偵役を務めている徳大寺京介は、もう一作、「白い殉教者」にも登場している。そこでは死体の周囲に足跡のない、「二次元の密室」とも「雪の密室」とも言われる謎を解いていたが、「天国に近い死体」は山の頂上で発見された、パジャマ姿の奇妙な死体の謎である。

十年間海外を放浪し、帰国後はミニコミ雑誌の編集をしているという徳大寺は、痩身長軀で、孤独な翳がマサイ族の戦士を連想させるという。名探偵として魅力的なキャラクターにもかかわらず、わずか短編二作でその活躍が終わっているのは残念だ。

競馬の騎手がファンの期待を裏切り、八百長ではないかと疑われてしまう「三十億円の期待」（「小説サンデー毎日」一九七〇・四　廣済堂文庫／角川文庫『殺しのインターチェンジ』収録）は、作者自身の経験が反映されている。

一九六〇年に作家を志して人事院を辞めたものの、なかなか作品が評価されなかった何年かのあいだに、西村氏はいろいろなアルバイトをした。そのひとつに、東京・府中市にある東京競馬場での警備員があった。日当は五百円だったという。

のちに『日本ダービー殺人事件』や『現金強奪計画』といった、競馬を絡めてのミステリーが書かれたのだから、それは貴重な経験だったと言える。「三十億円の期待」もまた、競馬界を巧みに描いた謎解きである。

そして、「カーフェリーの女」（「徳島新聞」一九七三・六・一六）、「鳴門への旅」（「徳島新聞」一九六八・九・一、八）、「グリーン車の楽しみ」（「信濃毎日新聞」一九八一・六・二〇）の三作は、本書が初収録となる（初出データは戸田和光氏の調べに拠った）。密室やアリバイのような大きな謎ではないが、逆に人生のそこかしこに謎が秘められていると言えるようだ。

西村作品でもっとも、ミステリーならではの謎にこだわっているのは、『名探偵なんか怖くない』、『名探偵が多すぎる』、『名探偵も楽じゃない』、『名探偵に乾杯』の、名探偵シリーズ四作である。世界の名探偵が登場する趣向に見合った、難解な不可能犯罪が起こっていた。

そのほか、雪で陸の孤島と化したホテルでの密室殺人の『殺しの双曲線』や、ある島に誘拐された十津川警部が一年前の事件を再検討していく『七人の証人』など、西村作品のそこかしこにも、魅力的な謎がちりばめられている。

二〇一三年一〇月

この作品は徳間文庫オリジナル版です。
なお、本作品はフィクションであり実在の個人・団体などとは一切関係がありません。

徳間文庫

天国《てんごく》に近《ちか》い死体《したい》

西村京太郎本格ミステリー傑作選

2013年12月15日 初刷

著者 西《にし》村《むら》京《きょう》太《た》郎《ろう》

発行者 平野健一

発行所 東京都港区芝大門二—二—一 〒105—8055 株式会社徳間書店

電話 編集〇三(五四〇三)四三四九
販売〇四八(四五一)五九六〇

振替 〇〇一四〇—〇—四四三九二

印刷 図書印刷株式会社

製本 ナショナル製本協同組合

ISBN978-4-19-893780-5 (乱丁、落丁本はお取りかえいたします)